질러봐,
주마락!

질러봐,
주마락!

초판 1쇄 인쇄 2012년 05월 11일
초판 1쇄 발행 2012년 05월 18일

지은이 l 윤 일 호
펴낸이 l 손 형 국
펴낸곳 l (주)에세이퍼블리싱
출판등록 l 2004. 12. 1(제2011-77호)
주소 l 서울시 금천구 가산동 371-28 우림라이온스밸리 C동 101호
홈페이지 l www.book.co.kr
전화번호 l (02)2026-5777
팩스 l (02)2026-5747

ISBN 978-89-6023-795-7 03810

African Dream
나이지리아

질러봐,
주마락!

글·사진 **윤일호**

주마락 (건기, 2012.3)

머리말

'인생과 여행은 참 많이 닮았다.'

겪어보지 않은 사람은 그 묘미를 알 수 없으니 말이다.

그것이 '목적이 있는 출장여행'이든 '맘 편히 가는 그냥 여행'이든, 우리는 시간과 물질을 투자해야 한다. 또한 우리는 그 과정 속에서 사람들을 만나 울고 웃고 대가를 치른다.

난 이번 아프리카 나이지리아 여행을 통해 내 인생, 내 사업을 투영해보고 싶었다.

문득 주위를 둘러보니 사랑스러운 내 아이들 서현이와 다현이가 무럭무럭 자라나고 있다. 갑자기 감사함에 목이 멘다. 하루하루 귀중한 시간을 공유하며 자라나는 무엇과도 바꿀 수 없는 소중한 존재들인 것이다. 아이들은 어느 순간 쑥 자라지 않는다. 주위의 보호와 사랑

속에서 시간의 흐름과 발맞추어 조금씩 성숙해가며 시시각각 변화하는 사랑의 결정체들인 것이다.

이 세상의 모든 귀중한 가치들은 이런 속성을 지닌 것 같다.

난 내 미래가 어떻게 진행될지 전혀 알 수 없지만 엄청난 기대감을 가지고 있다. 마치 여행이 어떻게 진행될지 그 불확실함을 즐기는 심리가 다분히 있다. 그러나 단 하나 확실한 것은 사랑하는 내 가족과 내 동료들과 언제나 함께 하고 싶은 마음과, 어떤 형태로든 그것을 지켜나가겠다는 의지이다.

이번 아프리카 나이지리아로의 출장은 짧은 여행이었지만 사전 준비를 하면서 회사(법인)를 만드는 등 나와 조직이 쌓아온 노하우를 맘껏 쏟아보았다. 물론 목적이 있는 사업 출장이었지만 난 그 과정이 어떻게 전개될 것인지 여전히 궁금하고 기대하며, 실시간으로 지금도 첫

단추가 걸린 일들을 어떻게 끌고 나갈 것인지 고민하며 방향을 수정하고 보완해 오고 있다. 이 모든 과정을 철저히 즐기려고 노력하고 있으며, 동료들과 함께 시간을 저어 나아가고 있다. 물론 뒤로 말고 앞으로 한 발짝 한 발짝 힘차게. 'Slow and Steady will win the game'의 자세로.

이러한 생생한 경험과 과정을 공유함으로써, 현재 비전을 세우고, 실행 계획을 짜고, 도전하는 모든 분들께 조금이나마 방향키 역할을 하고 싶다는 바람으로 이 책을 꾸며보았다. 하지만 더욱 중요한 것은 남이 가보지 않은 곳으로 멀리 떠나보겠다는 여러분의 도전 의식과 열정에 불을 지피고 싶고, 더불어 인생의 도도한 파도에 몸을 맡기며 그것을 즐길 줄 아는 진정한 시간 여행가로 나 자신부터 거듭나고 싶다는

바람으로 글을 적어 내려갔다.

짧다면 짧은 인생 여정 속에 많은 여행을 기획하고 실행하며, 많은 사람을 만나 풍성한 이야기들을 만들고 더불어서 질적으로 행복한 삶을 살아가기를 진심으로 바란다.

지금까지 나와 동고동락하며 인생 여정을 함께하고 있는 사랑하는 한만석 장로님, 김건량, 박영복 형님 외 여러 동료들과 나의 사랑하는 가족들, 특히, 말로는 다 형용할 수 없는 내 인생 최고의 만남, 아내 최성혜에게 감사와 사랑으로 이 책을 바친다.

2012. 1. 25. 임진년 엄동설한에 따뜻한 아프리카를 떠올리며

윤 일 호

서문

"경험 이길 지식은 없다"

2003년 회사를 설립하여 신제품을 출시하고, 중국에 자회사도 만들고, 지금까지 참 많은 일을 많은 사람들과 만들어 왔다.

정말 한 10년 동안 앞만 보고, 관련 사업 분야에서 1등이 되면, 무엇인가 깨달음이 올 거라는 '통념적 확신'을 가지고 열심히 달려왔다.

스티브잡스가 말한 것처럼 "Stay Hungry, Stay Foolish." 즉 "늘 갈망하고 우직하게 나아가라"(2005년 스탠퍼드대 졸업식 연설 중)라는 표현대로 살아왔다고 하면 적절할 것 같다.

서당 개 3년이면 풍월을 읊어야 하는데, 사업 환경 및 아이템이 워낙 변화무쌍하여 한 치 앞을 예측할 수 없는 상황 속에서 생존하기 위해 하루살이처럼 치열하게 시간에 쫓기며 9년을 보낸 지금, 뭔가가 읊어질 듯하여 펜을 들었고 신들린 듯 적어보았다.

갓 불혹을 넘긴 시점에 인생을 논하긴 어설프고, 사업 10년에 사업

을 논하기도 설익은 감은 있으나 이 난세라면 난세에 인생의 비전을 갈구하는 사람들에게 도움이 되는 메시지를 주고 싶은 취지에서 부끄럽지만 이 책을 출판하였다.

"일이관지(一以貫之)" 즉 "하나의 이치로써 모든 것을 꿰뚫는다"라는 뜻으로 공자는 '많이 아는 것이 중요한 것이 아니라, 하나로 꿰는 것이 중요하다'고 했다.

내 인생의 전환기가 된 금번 아프리카 여행을 통한 삶의 반추와 통찰이 부디 여러분에게도 비전을 제시하고 그것을 넓히는 자극제가 되어 행복한 삶에 도움이 되길 진심으로 바라는 바이다.

'미래를 두려워 말고, 현재를 소유하라.'

합창 연습 중 (교회, Lagos)

차례

사람과 사람 사이에는 아주 작은 차이가 존재한다.
그러나 이 작은 차이가 엄청난 격차를 만들어낸다.
여기서 작은 차이는 '마음가짐이 적극적인가, 소극적인가' 이고
엄청난 격차는 '성공하느냐, 실패하느냐' 이다.

- 나폴레온 힐 -

만남

"저 실례합니다만, 김승학입니다. 사우디에서 온……."

한 통의 전화가 걸려왔고, 점잖은 신사의 음성이 흘러나왔다.

한 번도 본 적 없고, 단지 이메일을 통해 교감을 나누던 김승학 씨로부터 전화가 온 것이다.

그는 사우디아라비아 메카 주지사의 한방주치의로서 16년을 보낸 범상치 않은 이력을 가진 분으로, 우연히 우리 회사 제품이 그분의 후배를 통해 사우디에 소개된 연고로 인연을 맺게 된 사이였다.

그런 그가 갑자기 한국에서 연락을 한 것이다.

너무 반가운 나머지 한걸음에 찾아가 인사를 나누었고, 그렇게 우리의 만남은 본격적으로 시작 되었다. 그는 당시 갓 입국하여 평택에 위치한 병원의 행정원장으로 재직하고 있었는데, 갑작스레 입국하게 된 전후 사정을 듣고는 깜짝 놀라게 되었다.

그는 신기하게도 기독교인임에도 불구하고, 전세계 약 16억의 이슬람의 수장인 메카주지사의 최 측근에서 하나님이 주신 비전을 붙들고 독특한 일들을 수행해왔던 것이었다.

이미 출간하여 종교 부문 베스트셀러가 된 그의 저서 『떨기나무』에 자세히 묘사된 대로, 그는 사우디아라비아의 미디안 광야에서 성경에 나오는 '출애굽기'의 모든 살아있는 증거를 확인하고 채취하는 탐험을 가족들과 목숨을 걸고 해왔으며, 모시던 메카주지사가 간암으로 사망 후 그 자료들을 가지고 극적으로 한국으로 돌아오게 된 것이었다. 무려 3,500여 년 전에 하나님이 행하신 실화가 김승학 씨의 탐험을 통해 전세계에 알려지는 상황이 전개되고 있는 것이다.

그는 이미 이슬람의 핵심인 사우디에서 하나님이 행하시는 많은 기적을 체험하였으며, 그분의 때가 이르러 주어진 사역을 그 땅에서 완수하고, 이를 전 세계에 알리기 위해 여러 가지를 일들을 계획하고 있다고 했다.

내가 그 일에 합류하게 될 줄을 누가 알았으랴?

'합하여 선'을 이루시는 전지전능하신 그분 말고는!

그렇게 우리의 만남과 겪을 이야기는 필연적으로 준비되어 있었다.

우연을 가장한 필연

'2011년 8월'

김승학 씨와의 첫 만남이 있은 후 그가 찍은 영화, 자료 등 여러 가지 소소한 일들을 통해 많은 공감대가 형성되었고, 그의 일에 관심 있는 사람들과 방문 등 꾸준한 교제가 5년 정도 지난 시점.

우리 회사 ㈜노디스는 재난 대비 제품인 화재대피용 방연마스크 LifeKeeper로 이미 국내시장에서 1등을 자리매김하고 있었고, 새로운 수익 모델로 여성 미용 관련 아이템인 속눈썹고데기 '핀컬'을 개발하여 국내외 마케팅에 박차를 가하고 있었다.

항상 우리 아이템에 지대한 관심을 가졌던 김승학 씨는 신제품을 판매 역량이 있는 홍콩과 중국 칭다오의 지인에게 소개하였고, 반응이 좋다 하여 우리는 함께 4박5일의 출장을 가게 되었다.

8월 휴가 시즌이라 홍콩행 비행기와 호텔을 예약하는 것은 거의 하늘의 별 따기였다.

호텔은 일박에 300달러를 줘도 방이 없어, 한국인이 운영하는 민박 (guest house)에 여장을 풀게 되었다. 침대가 2개 있는 방이었는데, 많은 해외 출장 가운데 가장 열악한 환경 속에서 김승학 씨와 머물게 된 것이었다.

죄송한 마음에 "많이 불편하시지요?" 했더니, "열악(?)하지만 괜찮습니다." 한다.

난 속으로 '사우디 계실 때는 근 16년간 왕자와 동행하면 하루에 20,000달러 이상 하는 특급호텔에서 최고의 대접을 받던 분이 꽤나 불편하시겠다.' 했는데, 오히려 재치 있게 내 마음을 편하게 배려하는 여유로움에 '역시 하나님께 크게 쓰임을 받는 분은 겸손하고 다르구나.' 하는 생각을 하게 되었다.

그 순간 나는 김승학 씨의 인생 여정이 출애굽의 선지자 모세와 많이 흡사하다는 인상을 지울 수 없었다.

모세가 유대인으로서 이집트 왕자가 되고 결국 200만여 명의 노예 생활을 하던 동족을 구출하여 홍해를 건너 미디안 광야에서 40년을 보낸 것, 기독교인 김승학 씨가 이슬람 종주국인 사우디 메카주지사의 목 디스크를 치료하여 가장 신뢰받는 한방주치의가 되고 근 10년간 모세가 움직였던 궤적을 탐험하여 3,500년이 지난 오늘에서야 그 생생한 하나님의 기적의 증거들을 온 세상에 드러내는 큰 역할을 부여 받은 것을 어떻게 우연으로 치부한단 말인가!

나는 어렴풋이 이번 출장에 무언가 하나님이 예비하신 계획이 있음을, 홍콩의 그 냄새 나는 민박집에서 느낄 수 있었다. 필요한 때, 필요한 사람을 모아서 역사를 이루시는 그분의 오묘한 계획을.

아! 이 모든 것이 그분의 섭리와 계획하에 있는 우연을 가장한 필연이구나.'

아프리카 꿈 태동

　김승학 씨와 홍콩을 경유하여 중국 칭다오에서 사업 일정을 소화하던 중에 중국 현지 자회사(위해 노디스 안전용품유한공사)의 총경리를 불러 통역을 맡기고 함께 일을 보게 되었다.

　중국은 올림픽을 치른 후 막대한 달러 보유를 바탕으로 전세계의 자원을 닥치는 대로 빨아들이고 있었고, 총경리인 현 부장 또한 오일 관련 사업을 7년 넘게 관심을 갖고 추진하던 중이었다.

　식사하며 자원 관련 대화가 자연스럽게 오갔고, 호텔로 돌아온 후 김승학 씨는 출장을 나오기 전 아프리카 나이지리아 관련 일을 진행하고 있었음을 사담으로 이야기했다.

　눈치 빠른 독자 여러분은 이미 간파했겠지만 내가 8월의 이야기를 하는 이유는 '어떻게 하여 아프리카가 내 인생에 들어오게 되었으며, 전혀 계획에 없던 또 다른 비전을 발견하고 키우게 되었는지'를 설명하기 위함이다.

우리는 가끔 꿈 속에서 낮에 그냥 무심코 지나쳤던 것들이 크게 부각되어 나타나는 것을 경험한다. 예를 들면 그냥 스쳐 지나간 여자의 코에 있는 점이 또렷이 보인다든가 하는 것처럼 말이다.

난 중국 칭다오에서 김승학 씨가 아프리카의 나이지리아를 얘기한 것이 그대로 가슴에 와서 깊숙이 박혀 버렸다. 그 느낌은 오래 전 2003년 말 중국을 시장조사한 후 산동성 위해(Weihai)에 독자기업을 세우기로 결심한 것과 같은 것으로, 새삼 물밀듯이 밀려오는 '야성적 충동'에 다시 한 번 전율할 수밖에 없었다.

처음에 홍콩을 경유하여 칭다오를 방문한 목적은 단순히 신제품을 영업하기 위한 것이었는데, 그 과정에서 하나님은 김승학 씨를 통해 나에게 아프리카에 대한 새로운 비전을 보여주시고, 지경(활동 영역)을 넓히고 계셨음을 시간이 지난 시점에 고백하지 않을 수 없게 되었다.

아프리카는 그렇게 나에게 다가왔다.

법인 설립(팀 구성)
- 나이지리아 출장 준비 Ⅰ

2011년 8월, 홍콩을 다녀온 후 나이지리아 여행을 위한 구체적인 준비에 들어갔다. 우선 아프리카에 대한 비전을 공유하고 함께 키워나갈 '팀'을 만드는 것이 급선무였다. 이미 '고신뢰 조직'(미해군 특수부대 Navy Seal 및 UDT처럼 특수 목적을 위해 동고동락을 하며 최고의 신뢰감으로 작전을 성공적으로 수행하는 조직)인 한만석 장로님, 김건량 이사와 내가 느낀 비전에 대해 의견을 나누었다. 다들 흥분했으며 순식간에 여러 가지 실행 계획이 쏟아져 나왔다.

일단 현지를 방문하여 여러 가지 사업 타당성을 분석(F/S)해야 하므로 여행 경비 조달 및 주요 미팅 관련 안건 채택 및 정리와 출장 후 사업지 속가능성(Sustainability)을 확보하기 위한 제반 준비에 착수하였다.

이번 여행의 동기를 부여한 김승학 씨와 함께 팀을 어떻게 꾸릴 것인지 논의하면서 주위를 살피기 시작했다. 늘 그렇듯이 하나님은 필요한 자원들을 미리 예비한 상태에서 비전을 주시는 것 같다. 새로운 일에 대한 확신과 열정으로, 나이지리아로의 여행 계획을 주위의 친밀한 사람들과 부지런히 나누기 시작했다.

결론적으로 하나님은 이번에도 시작을 예비해 놓으셨다.

이렇게 하여 나이지리아에 대한 아니, 아프리카에 대한 비전을 담을 (주)보고에너지가 탄생하게 되었다. '보고'는 寶庫(보물창고)라는 의미로 '좋은 에너지로 가치를 창출하고 나눈다'는 뜻을 부여하였다. 또한 '해상 왕 장보고'의 이름처럼 '세계적인 위상을 키워나간다'라는 의미도 함축하고 있다. 하나 더, 영문으로는 VOGO인데 'Vision Of GOD's Organization'이란 뜻까지 부여했으니, 얼마나 멋지고 정확한 '팀의 정체성'인지 감탄이 절로 나왔다.

그리고 하나님은 '새 부대(그릇)에 새 술'을 담으셨다.

즉, 새로운 사람들로 (주)보고에너지를 채우셨다. 전혀 생각지도 못했던.

지피지기 백전백승
(知彼知己 百戰百勝)
- 나이지리아 출장 준비 Ⅱ

'지피지기면 백전백승이라 했던가?'

실상 아프리카를 떠올려보면, TV 프로 '동물의 왕국'에서 원주민들이 야생동물을 쫓아다니는 장면이나, 부족들 간의 내전으로 대량 살상이 이뤄지는 딴 세상, 혹은 김혜자 씨(연예인)가 불쌍한 아이들과 함께 눈물을 흘리는 모습 등이 내가 아는 전부였던 것 같다.

마침 대전 중기청에서 '아프리카 진출 세미나'를 한다는 반가운 정보를 접수하고 본격적인 '지피지기(知彼知己)'에 돌입하였다.

요약하면 다음과 같다.

아프리카는 54개국, 약 10억의 인구가 모여 사는 큰 대륙이다.

부족 간의 내전으로 정치가 낙후되고 혼란스럽지만 빠른 속도로 경제성장을 하고 있다.

최근 100조 이상의 투자가 검은 대륙에 이어지고 있는데, 이는 풍부한 자원과 시장이 있기 때문이다.

중국과 일본은 1990년대부터 일찌감치 정부 주도로 아프리카 전담반을 두어 자원 확보를 위한 공을 들이고 있다.

한국은 한참 후발 주자로 외교부조차 현지에 대한 정보가 부족한 실정이다.

발표자들은 하나같이 지금이 아프리카 진출의 최적시점이며, 눈높이를 현지와 맞추어서 현지화에 성공하면, 보이는 것이 전부 기회라고 성토했다. 물론 다른 변수도 많지만……

2003년 중국에 생산거점을 위한 시장조사를 할 때와 같은 설렘이 일었다.

'기회는 항상 소리 없이 다가온다. 찾는 사람에게.'

문제는 그것을 잡느냐 마느냐, 혹은 인지하느냐 흘려버리느냐의 차이이다.

상황이 파악되지 않으면 두려워진다.

두려움은 열정을 좀먹는다.

깊이가 1m도 되지 않는 개울을, 깊은 줄 알고 무서워 건널 엄두도 못 내는 것처럼.

흥분으로 가득했던 초기 열정도 이성적인 정보 분석을 하다 보면 시들해진다.

'정확한 목적을 못 찾음(방향감각)'과 '실행 능력의 결여'가 그 대부분의 이유이다.

한마디로 '자신감이 없어지는 것'이다.

결론적으로 현지를 밟지도 못하고 머리만 굴리다 해프닝으로 끝나는 것이 다반사이다.

열정과 호기심은 있으나, 일에 대한 방향감각과 실행력의 부재로 인한 추진력의 상실이 우리를 승리자의 반열에 끼지 못하도록 발목을 잡는 것이다.

재래시장 (5일장, 주마락 인근)

대통령 면담
- 나이지리아 출장 준비 Ⅲ

　이번에 나의 아프리카 첫 방문지인 나이지리아(Nigeria)는 여러모로 매우 흥미 있는 나라이다.

　특히 사업적인 관점에서는 면담자 및 방문 시점과 제반 여건이 탁월했다.

그렇다면 나이지리아는 어떤 나라인가?

　나이지리아는 남북 길이 1,050km, 동서 길이가 1,130km이다. 서아프리카 연안 국가들 가운데 가장 큰 나라이며, 아프리카 국가들 가운데 인구가 가장 많다. 수도는 1990년대 초까지는 라고스였으나, 그 뒤 연방 수도권 지역에 위치한 아부자 신

도시로 이전되었다. 나이지리아는 서남쪽으로 베냉 만, 동남쪽으로 비아프라 만과

접해 있는데, 이 둘은 모두 기니 만에 속해 있다. 한편 북쪽으로는 니제르, 북동쪽

으로는 차드 호, 동쪽으로는 카메룬 그리고 서쪽으로는 베냉과 접해 있다.

　면적 923,768㎢ (한반도 면적의 약 4.2배), 인구 154,729,000 (2009 추계).

　나이지리아는 건조한 기후부터 적도 주변의 매우 습한 기후까지 다양한 기후대

를 가진다. 하지만 나이지리아가 가진 최고의 다양성은 그 나라 국민들에게서 보여

진다. 나이지리아에서는 요루바·이보·하우사·풀라니·에도·이비비오·티브·영어

를 포함한 수백 개의 언어가 사용된다. 각 종족은 고유의 언어를 가지고 있다. 그중

나이지리아에서 가장 널리 쓰이는 언어는 하우사어인데, 이는 하우사·풀라니족이

정치적으로 나이지리아를 장악해온 데서 기인한다. 그 밖에 요루바어·이보어·이비비오어·카누리어·티브어·이조어 등의 순으로 많이 쓰인다. 공용어인 영어는 주로 도시지역에서만 사용된다. 전체 인구의 절반 가량이 이슬람교를 믿으며, 나머지는 그리스도교를 믿거나 애니미즘을 신봉한다.

나이지리아의 자연식생 분포는 남에서 북으로 올라가면서 습지대, 열대우림지대, 그리고 나무가 곳곳에 산재한 사바나지대로 구분된다. 나이지리아에는 침팬지, 고릴라, 아프리카 야생개, 표범, 코끼리, 기린, 사자, 악어, 뱀 등 다양한 야생동물이 살고 있다. 국토의 약 1/3이 경작 가능한 땅이며, 2/5는 목초지로 이용 가능하다.

나이지리아는 풍부한 천연자원을 가진 나라로 특히 석유와 천연가스 매장량이 상당하다. 나이지리아의 석유 매장량은 20세기 말 현재 아프리카 총매장량의 거의 1/3에 해당된다. 천연가스 매장량은 아프리카 대륙에 묻힌 천연가스의 거의 1/3에 달하는 것으로 추정되며 철광석도 풍부하게 매장되어 있다.

새로운 수도 아부자는 1976년 법령에 의해 연방 수도권 지역에 만들어졌다. 이전의 수도였던 라고스는 국가 상업·산업을 이끄는 도시로서 그 입지를 유지하고 있다.

오늘날의 나이지리아는 영국의 남북 나이지리아 보호령이 통합된 1914년부터 시작되었다. 나이지리아는 1960년 10월 1일 독립했고 1963년 공화국 헌법을 제정했으나 투표에 의해 영연방의 일원으로 남았다. 최초의 공화국은 군부에 의해 전복되었고, 이 군부가 13년 동안 통치했다. 두 번째 공화국은 1979~83년에 존속했고 그 이후 다시 군부통치가 15년간 이어졌다.

나이지리아는 주로 석유산업과 농업에 기반을 둔 개발도상국형 혼합경제를 이루고 있다. 급속히 진행되던 경제성장은 1980년대 초 나이지리아산 원유 가격이 폭락하면서 주춤해졌다. 그 후 나이지리아 정부는 여러 가지 긴축정책을 실시하는 한편 비석유 부문, 특히 농업·공업 부문에 수출증대 계획을 도입했다. 이밖에 1990년

대로 접어들면서 국영기업들의 민영화가 단행되었다. 한편 석유수출 수입의 감소로 1980년대 들어 하강곡선을 그렸던 국민총생산(GNP)이 1980년대 중반부터는 다시 증가하기 시작했지만 인구의 증가 속도에는 미치지 못해, 1인당 GNP는 대부분의 서아프리카 국가들보다 낮은 수준에 머물러 있다.

농업은 국내총생산(GDP)의 2/5를 차지하며 전체 노동인구의 절반 이상이 여기에 종사한다. 그러나 농산물 생산은 여러 차례의 가뭄과 정부의 농산물 가격 인하 정책, 석유산업 위주의 정책으로 인한 농업 기술의 낙후와 인력 감소 등으로 1960년대 이후 급격히 감소하고 있다. 육류 생산에 있어서는 대체로 자급자족이 가능한 편이나, 주식(옥수수·수수·타로토란·마·카사바·쌀) 생산이 인구증가율을 따라잡지 못해 매년 상당량의 식량을 외국에서 수입한다. 카카오와 고무는 농업 부문에서 유일한 수출 작물이다. 국토의 약 1/8이 숲으로 덮여 있어 삼림 개발 가능성이 높지만, 불법 벌채가 행해지고 있다. 벌목된 목재의 대부분은 연료로 사용된다.

석유 생산이 주종을 이루는 공업은 GDP의 약 1/5을 차지하고 있는데, 전체 노동인구에서 차지하는 비율은 매우 낮다. 석유 탐사 및 생산은 거의 대부분 나이지리아 남부지역과 기니 만 앞바다에서 진행되고 있다. 나이지리아 석유공사는 모든 대규모 석유회사에 이권을 갖고 있다. 또한 주석과 석회석이 대량 채굴되고 있으며, 천연가스 생산이 개발중에 있다. 제조업은 급속한 성장에도 불구하고 아직 규모가 작은 저개발 분야로 남아 있다. 제조업의 주종은 섬유산업이지만 밀수품들과의 경쟁으로 큰 어려움을 겪고 있다. 발전시설의 약 4/5는 화력발전소이며, 그 나머지는 수력발전소이다. 발전용량이 전력수요를 따르지 못하고 있다. 서비스업·무역업·수송업은 GDP의 약 1/3를 차지하며, 전체 노동 인구의 2/5 가량이 이에 종사하고 있다. 나이지리아는 비교적 광범위한 도로망(거의 절반은 포장도로)을 갖추고 있으며, 주요 항구들도 지난 몇 년 동안 계속 확장되고 현대화되어 왔다. 라고스와 카노에는 국내 및 국제공항이 있다.

국가 예산은 주로 석유 수출로 생기는 수입에 맞추어 책정된다. 나이지리아는 1981~85년의 국가개발계획에 따라 농업을 최우선 분야로 지정했는데, 관개사업에 필요한 자금은 주로 국제차관으로 충당되었다. 고유가 시대에는 무역수지가 흑자를 보였으나 유가가 하락하면서 수출이 수입을 밑돌고 있다. 주요 수입품은 기계류·화학제품·공산품·식품 등이며, 주요무역상대국은 미국·독일·영국·프랑스·스페인 등이다.

나이지리아와 한국은 1980년 2월에 외교관계를 맺었으며 한국은 1980년 3월에 주 나이지리아 대사관을, 나이지리아는 1987년 12월에 주한 대사관을 설치했다. 양국의 교류는 1981년 1월 아우두 나이지리아 외부장관의 방한과 1982년 2월 노신영 외부장관의 나이지리아 방문을 계기로 활발하게 진행되었다. 국가원수급 교류로는 1982년 8월 전두환 대통령의 나이지리아 방문과 1985년 7월 올루세군 오바산조 전 국가수반의 방한을 꼽을 수 있다. 양국은 경제과학기술협정(1982. 8)과 해운협정(1989. 8), 투자보장협정(1998. 3)을 체결했고, 1983년 6월과 1984년 6월에는 각각 나이지리아 민속무용단과 민족무용단이 방한 공연을 갖기도 했다. 한국은 나이지리아로부터 주로 원유를 수입하고, 기계·전자제품과 차량을 수출하고 있으며, 1998년 현재 나이지리아의 대한 수입액은 1억 5,361만 3,000달러, 대한 수출액은 2억 6,352만 4,000달러이다. 현재 나이지리아에는 한국 대사관 외에 정부 투자기관인 대한무역투자진흥공사(KOTRA)와 24개 기업이 진출해 있다. 1999년 5월 현재 나이지리아에 있는 한국 교민 및 체류자는 150명에 이르는데, 주로 상사주재원·선원·자영업자·선교사로 활동하고 있다. 한편 나이지리아는 1976년 5월에 북한과 수교했으며, 현재 각국에 대사관을 두고 있다.

출처: 브리태니커

    나이지리아는 36개 주로 구성된 연방정부로서, 현재 수장은 '굿럭 조너선' 대통령이다.

    굿럭 에벨레 조너선(영어: Goodluck Ebele Jonathan, 1957년 11월 20일 ~)은 나이지리아의 정치인이다. 2007년 부통령에 당선되었고, 2010년 2월부터 우마루 야르아두아 대통령의 와병으로 대통령 직무를 대행했고, 5월 5일 야라두아 대통령이 사망하여 정식으로 대통령직을 승계하였다. 조너선 대통령은 2011년 4월16일에 실시된 대선에서 압도적인 표차로 당선됐다.그 후 2011년 5월 29일 정식으로 대통령에 취임했다.

남부 바이엘사 주에서 태어났다. 기독교 신자이며, 포트하커트 대학교에서 동물학을 전공하였다. 조너선 대통령은 고등학교 교사, 교육감, 환경운동가를 거쳐 1998년 바이엘사주 부주지사에 당선됐다. 2005 ~ 2007년 바이엘사 주지사를 지냈다. 2007년 대통령 선거에서 우마루야르아두아의 러닝메이트로 부통령 후보로 출마,

당선되어 5월 29일 부통령으로 취임했다. 2009년 11월, 야르아두아 대통령이 심막염으로 외국에서 치료를 받게 되었으나, 그는 대통령직을 권한대행하지 못했다. 야르아두아 대통령의 상태가 악화되는 가운데, 2010년 1월 이슬람교도와 기독교도 사이의 유혈 충돌 사태가 일어났다. 이러한 위기 상황에도 권한을 제대로 행사하지 못하다가, 2월 9일 상하원 결의로 대통령 권한을 정식으로 대행하게 되었고 5월 5일 야라두아 대통령이 사망하여 대통령직을 승계하였다.

아프리카 10억 인구 중 1.6억 정도가 사는 큰 시장과 막대한 자원을 가진 나라, 나이지리아는 어떻게 내게 다가왔는가?

나이지리아 대통령 비서실에서 김승학 씨에게로 비공식 초청 의사가 전달되었고, 여러 인맥을 통해 면담이 조율되는 가시화 과정에서 김승학 씨와 나는 8월 홍콩 출장길에 올랐었고, 결국은 한배를 타고 아프리카 여행을 위한 본격적인 채비에 들어가게 된 것이다.

'대통령과의 만남…'

무엇을 어떻게 준비해야 한단 말인가?'
대통령의 관점에서 생산적인 면담이 이루어져야 좋은 관계가 구축되고, 만사가 잘 풀려 나갈 것 같다는 막연한 방향성에서 출발하였다.

기독교인이면서 종교분쟁이 빈번한 자원강국의 수장으로서 그는 무엇을 '우선순위'로 삼는가?

고객의 니즈(Needs)를 파악해야 양질의 서비스를 제공할 수 있고, 장기적인 지속가능성(Sustainability)를 확보할 수 있다는, 이젠 경영자뿐 아니라 일반인도 익숙한 '기초적인 마케팅 개론'이 다시 한번 힘을 발하기 시작했다.

나이지리아의 현재 모습과 과거 모습을 충분히 숙지하며, 현재 국제 사회에서 그 나라의 위상과 지향점 및 문제점을 나열해가다 보니, 자연스럽게 현 대통령의 선거 공약으로 그의 우선순위가 잘 정리되어 있음을 발견하게 되었다.

전력난 해소, 부정부패 척결, 교육개혁을 통한 실업률 저하, 치안 강화, 주거 환경 개선, 보건 의료 서비스 증대, 효율적인 자원 개발 및 관리, 인프라 구축 등 그의 국정 운영 방안이 개발도상국의 발전 과정에 맞게 제시되어 있었다.

우리는 안건 별로 솔루션을 찾는 작업에 돌입했다.

즉 대통령 면담 시 그가 관심 있는 문제 해결을 위한 실질적인 대안을 제시하기로 결정했으며, 이런 과정과 절차를 통해 ㈜보고에너지의 CI(Company Identity)까지 정립할 수 있는 좋은 계기가 될 것이라는 확신이 들었다.

풀어서 설명하자면, 국책사업을 총괄하는 핵심 역할을 하는 주요 부서와 심도 있는 관계를 맺으며 그들에게 한국의 앞선 시스템과 서비스에 대한 아이디어를 제공하여 시행착오를 줄여주는 조언자 역할을 수행하고, 관련된 제품과 서비스 및 기술을 가진 기업과 컨소시엄(Consortium)을 이루어 사업적인 가치를 창출하는 것이다. 즉 국제적으로 '훌륭한 중매쟁이(Match maker)'가 되는 것이 ㈜보고에너지의 첫 번째 핵심사업(Core Business)으로 후보 순위에 오르게 된 것이다.

이렇게 나이지리아 대통령의 관심사를 토대로 그 분야의 탑 클래스에 있는 한국 기업들을 물색하여 구슬을 꿰기 시작하였고, 시간이 지나며 Business Proposal이 점점 구체화되어갔다.

'Global Value Creator'로서 ㈜보고에너지의 첫걸음이 시작된 것이다.

이타적(利他的) 마음가짐
- 출장 컨셉

　이제 출장을 위한 일정과 대화 나눌 안건 등이 어느 정도 윤곽은 잡혔다.

　그런데 왠지 모르게 뭔가가 부족함을 느꼈다.

　그게 뭘까?

　사람과 사람이 처음 만난다.

　그것도 국가적인 대의명분을 가지고서.

　명분과 실리를 다 챙겨야 한다. 사업이니까.

　중장기적인 관점에서 끈끈한 인맥을 구축해야 한다.

　현지화를 통한 동반성장이 중요하다.

　그들보다 선진국이라는 입장에서 배려와 인내가 필요하다.

그들은 자원강국으로 빠른 경제성장의 무한한 잠재력을 가지고 있다. 많은 국가와 기업체가 구애를 하는 상황이다.

그렇다면 우리가 가진 차별화된 경쟁력은 무엇일까?

갑자기 반기문 UN 사무총장이 생각났다.

그는 아프리카에서 대단한 지지를 얻어 당선이 되었다고 한다.

그는 식민지 통치에 의한 불합리와 피해를 극복하고 선진국에 오른 대한민국이야말로 아프리카 등 후발 개도국을 가장 잘 대변하여 UN 에서 조정자 역할을 할 수 있는 적임자라고 강조하였고, 그것이 아프리카 국가들의 마음을 움직였다고 한다.

맞다.

'마음이 움직이면 만사가 형통하다.

'Heart to Heart'

이번 출장의 가장 중요한 요소는 '아프리카에 대한 우리들 마음가짐'에 있다는 것을 깨달았다.

가장 간단한 문제이면서도 사업이라는 목적 아래 간과되기 쉬운 그것(?)이 바로 이것이었던 것이다.

'We want to be your true friend.'

(우리는 당신들의 진정한 친구가 되고 싶다)

Head Letter를 포함한 모든 문서에 일관성 있게 우리의 마음가짐을 피력하여 재편집하였다.

그들은 식민지화를 통해 철저한 약탈을 일삼은 선진국에 대한 피해의식을 가지고 있고, 스스로 자립하여 부강한 나라를 건설하고자 하는 욕구가 남다를 것이다. 또한 자신들의 국가발전 역할모델(role model)을 진지하게 찾고 있는 것이다. 또한 신의와 성실로 그들에게 올바른 방향을 제시해줄 진정한 친구를 목타게 찾고 있는 것이다.

그렇다.

대한민국은 그들에게 비록 멀지만, 낯설지 않은 나라였던 것이다.

일본의 식민통치를 받았던 쓰라린 상처와, 6.25 동란이라는 이념의 대리전을 치른 지독히도 못살던 나라, 대한민국.

그러나 전쟁 후 잿더미 위에서 빈약한 자원에도 불구하고, GDP(국내총생산)규모 세계 10위의 경제대국을 일군 나라. G20 정상회담의 의장국, 대한민국.

이것이 그들이 보는 우리의 위상인 것이다.

아직 나이지리아와 한국은 그리 교역 규모가 크지 않고, 교류가 활발하지 않다. 제반 요건이 충족되어 있지 않기 때문이다. 바꿔 말하면 누군가는 좋은 선례를 만들고 길을 개척해야 하는 것이다.

'아무도 가지 않은 눈밭에서는 함부로 가지 말라'는 격언이 있다.

나의 첫 발자국이 뒤따라오는 사람에게는 이정표가 될 수 있기 때문이다.

그렇다. 진정한 친구가 되는 길을 개척하자.

비록 단기적인 성과를 도출하지 못한다 할지라도.

We want to be your true friend!

Heart to Heart

아이들 (Lekki market, Lagos)

드디어 출발

드디어 약 2개월의 나름대로 치밀한 준비 기간을 거쳐 나를 포함한 4명은(김승학, 서병동, 박영복) 30여 개 회사의 아이템으로 짜여진 Business Proposal을 가지고 대장정에 나섰다.

준비한 제품 카탈로그와 회사의 로고가 새겨진 실무진용 볼펜 선물부터 대통령 선물(책, The Korea Story)까지 바리바리 들고, 위풍도 당당한 A380기를 타고, 경유지인 두바이(Dubai)로 몸을 실었다.

두바이까지는 인천에서 10시간이 소요되는 제법 먼 여행이었다.

두바이 경유 항로가 개설되기 전에는 아프리카까지 가는 길이 더욱 멀고 험했다고 한다. 여러 곳을 경유해야 도착할 수 있기에 도착하면 이미 녹초가 되었다고들 한다.

11월 3일 인천에서 밤 11에 50분에 출발하여, 두바이에 도착하니 현지 시간으로 오전 5시 30분.

시차가 5시간.

중동과 리비아 사업 건으로 3일간 두바이에 머물렀다.

아라비아 반도는 김승학 씨가 20년 동안 활동을 한 곳으로, 이미 여러 번 현지 설명을 들었고, 지인들과 면담 일정을 잡아 놓은 터라 나에게도 친숙하게 다가왔다.

그런데 문제가 발생했다. 일행 중 박영복 이사가 건강에 문제가 생긴 것이다. 이미 출발 전 몸 상태가 좋지 않았었는데, 장거리 비행과 음식 문제로 탈수증세까지 겹쳐 거동이 불편한 상태까지 악화된 것이다.

아픈 동료를 돌보며 두바이에서의 일정을 시작하였다.

김승학 씨의 영어와 아랍어는 그의 재치와 함께 빛을 발했다.

특히 카다피 타계 후

제2의 중동 붐이 일지도 모른다고 조심스럽게 예견되는 상황에서, 리비아 공공주택 건설을 위한 프로젝트로 미팅을 하다 보니 여러 가지 정황을 포착할 수 있었다.

사람이 살아가는 데는 어디든 의식주 문제가 해결되어야만 한다.

내전 후의 리비아는 그런 기회의 연장선에 있었고, 누군가는 그 기회를 잡을 것이다.

출장 준비를 하며, 리비아 공공주택 건으로 쌍용건설 김승준 해외담당 사장을 만나 조언을 들었다. 해외 건설 부문에서 쌍용건설이 쌓은 실적은 과히 눈부실 만했다. 그것을 총괄 지휘하는 수장의 조언은 직설적이고 예리했다. 그는 리비아가 조속히 정치가 안정될 것이며 공사 부문 결재 구조가 정비되면 본격적으로 프로젝트들이 가동될 텐데, 어떤 라인을 통해 그 기회를 확보할 것인지에 촉수를 세우고 있었다.

사업과 정치는 역시 떼려야 뗄 수 없는 불가분의 관계임을 다시 한 번 확인했다. 치안과 자금 운용이 불확실한 상태, 즉 정치가 혼미한 상태에서는 기업의 운신의 폭이 그만큼 적어질 수밖에 없다는 논리이다.

그러나 어떤 기회가 모두에 의해 인지될 때는, 이미 그 기회는 내 것이 아니다.

남들이 비관적일 때, 자신의 기회를 적극 창출하고 관리하는 것이 앞서나가는 사업가들의 공통된 행동 패턴이다. 그래서 우리는 그들을

리비아 트리폴리 (2011.11)

'비전메이커(Vision-maker)'라고 부르는 것이다.

혼돈에서 질서가 나왔듯이, 정치, 경제가 혼란한 가운데 미래를 예측하고 사업적 기반을 미리 구축하며 때를 기다리는 것이 백전노장들의 노하우 아니겠는가?

아무튼 쌍용건설 김승준 사장은 중동 및 아프리카의 사업적 먹거리를 확보하기 위해 우리의 행보 또한 가벼이 여기지 않았고, 나는 언젠가 그와 무엇인가를 하게 되리란 기대감을 보물창고에 하나 더 쌓아두게 되었다.

우리의 보물창고(보고에너지)에는 이렇듯 여러 형태의 보물들이 실시간으로 쌓아가고 있는 것이다.

아직 땅에 묻혀 있는 원석, 갓 캐낸 보석, 조금만 다듬으면 엄청난 가치를 가질 보석 등 다양한 보물들이 우리의 시간여행을 통한 시행착오 속에서 착실히 쌓여가고 있는 것이다.

목동 (Nassarawa, 건기)

소말리아 or 소말릴란드
(Somaliland)

'기회는 사람과의 만남을 통해 온다.'

스포츠가 대본이 없는 드라마이기에 그처럼 사람들이 열광하는 것처럼, 사업 또한 계획을 하고 실행하지만 생각지 않게 발생되는 상황이 때로는 당황스럽게도, 혹은 뜻하지 않은 기회를 안겨주기에 스포츠나 게임처럼 스릴과 즐거움이 있는 것 아닌가 한다.

두바이에서 뜻하지 않은 만남이 우릴 즐겁게 했다.

Mr.Saeed가 그 주인공이다. 그는 소말리아(더 정확히 말하면 소말릴란드,Somaliland) 국적과 영국 국적을 가진 사업가로 금융 등 다양한 업종을 경영하는 그룹의 CEO이다.

일전에 삼호 쥬얼리호(석해균 선장) 납치로 악명 높은 해적들이 사는 소말리아가 그의 본국으로, 아니 좀더 정확히 말하면 소말리아의 북쪽 반군 지역이 그의 본국인 것이다. '아프리카의 뿔'이란 애칭이 있는 소말리아는 아라비아반도의 남단 예멘과 바다를 건너 마주 보고 있는 나라로, 수산물이 풍부해 원양어업이 활발하여 덩달아 해적의 출몰도 잦은 지역이다.

이런 악명 높은 소말리아에 20년 이상 자치독립국가 형태로 대통령을 선출하여 민주주의를 하고 있는 '소말릴란드(Somaliland)'란 인구 350만 명 가량의 나라가 있는 것이다. 물론 UN에서 인정받지 못하는 소말리아의 반군 지역에 해당하는 지역이기도 하다.

소말릴란드(소말리어: Jamhuuriyadda Soomaaliland 잠후리야다 소말릴란드, 아랍어: جمهورية أرض الصومال 줌후리야트 아르드 앗-수말[*])는 소말리아 반도에서 소말리아 북쪽에 위치하고 있는 미승인 국가이다. 1991년 5월에 북쪽 지역의 일부가 소말릴란드 공화국의 독립을 선언했다. 수도는 하르게이사이다.

1960년에 영국의 지배를 받다가 이탈리아의 지배를 받던 남부 소말리아와 합쳐져서 독립했다. 1970년대에 있었던 공산주의 정권이 무너지고, 권력 쟁취가 목적인 내전이 시작되고 소말리아의 중앙 정부가 붕괴한 뒤, 1991년 5월 18일에 독립을 선언했으나 아직 승인받지 못하고 있다. 하지만 국가를 구성하는 3요소를 가지고 있고, 자국의 화폐까지 가지고 있는 실질적인 독립국가다. 독립선언을 했으나 소말릴란드는 그 동안 국세사회로부터는 독립국으로 인정되지 못했다. 그러나 최근에는 해적 납치를 해결할 수 있는 곳으로 주목을 받고 있다.

재미있는 것은 이 나라가 자국의 원유 개발을 위해 영국 기업과 탐사 작업을 하고 있으며, 애머랄드와 같은 보석이 많이 매장되어 있어 좋은 사업 파트너를 찾고 있다는 것이다.

또한 350만 명 전자주민증 사업 및 공항 보안시스템 구축 사업에 동참해줄 것을 담당 고위공직자로부터 직접 제안받았다.

누가 그랬던가? '세상은 넓고 할 일은 많다'고.

맞는 말이다.

세상을 많이 돌아다니고, 사람을 많이 만날수록 일과 아이디어는 넘칠 수밖에 없다.

우리는 갈 곳이 한 군데 더 생겼다.

'미지의 나라 소말릴란드(Somaliland)!'

두바이 현지에서 한국외교부에 전화하여 소말리랜드에 입국 절차를 문의하였다.

그러나 "소말리랜드가 뭔가요?"와 "케냐 대사관으로 문의해 보세요."란 답만 얻었다.

물론 케냐 대사관은 통화도 하기 어려웠다. 전화를 받지 않으니…….

Mr.Saeed 와는 추후 세부 절차를 밟기로 하고 아쉽게 헤어졌다.

다음을 기약하며.

두바이(Dubai) 스케치

'사막의 신기루(Mirage)'

프랑스 전투기 중 미라쥬가 있다. '신기루'처럼 신출귀몰한다는 의미
일 것이다.

인천 공항에서 8시간을 날아서 도착한 아랍에미레이트의 두바이는
사막이 아니었다. 너무도 인공적으로 잘 정돈된 콘크리트 섬이었다.

그중의 압권은 뭐니뭐니해도 버즈칼리파 빌딩이었다. 국내 기업이
시공하여 민족의 자긍심을 심어준 대작이자 두바이의 랜드마크(Land
mark)로서 그 위상은 기대 이상이었다. 세계의 수많은 관광객들이 모
여들어 인간의 상상력과 기술로 만들어진 사막의 신기루 같은 구조물
들을 즐기고 있었다.

　야자수 모양으로 고급 별장을 지어 분양한 팜 쥬메이라(Palm Jumeira)
의 고급 빌라들과 그 한가운데 있는 7성급 호텔 아틀란티스(Atlantis the
Palm Hotel)의 호화로움은 오일달러의 능력을 충분히 상징하고도 남았다.

　이슬람 국가이지만 여성들의 자유로운 복장과 밤 문화는, 이제는 더
이상 그들이 이슬람 율법에 얽매여 은둔적인 신비감으로 고립되어 있
을 수 없음을 반증하는 것 같았다.

　특히 오일이 나지 않는 두바이의 특성상 이슬람 형제국들과의 틈새
에서 자신들의 살 궁리를 위해 몸부림치는 모습을 느낄 수 있었으며,
어느 정도 성공한 사업 모델이란 생각도 들었다. 아부다비도 그들을
따라 하고 있으므로.

　그러나 인간미가 느껴지지 않는 문명의 건조함이 사막기후와 함께
답답하게 다가왔다.

　두바이는 자본 흐름과 입지 조건이 만들어낸 '절반의 성공'을 거둔

기획작품으로 결국은 미국 라스베가스를 뒤따르지 않겠나 하는 추측이 가능했다.

현재 두바이는 아시아와 유럽 및 아프리카를 잇는 거점 역할을 훌륭히 수행하고 있다. 게다가 모든 사업적 인프라가 잘 구비되어 자금의 흐름과 정보의 중심지 역할을 하고 있다.

시대적 필요가 '사막의 신기루'를 탄생시켰고, 점점 더 그 규모가 커지고 있는 것이다.

게다가 과거에 비해 약해진 미국을 대신해 전세계에 영향력을 이미 여러 경로를 통해 구축하고 있는 중국과, 이슬람 형제국이라 자처하는 중동국가들의 오일달러가 공조하여 유럽 및 아프리카로 세력을 확장하는 이합집산이 연출되는 무대가 바로 두바이라고 할 수 있는 것이다.

물론 나의 주관적인 견해지만 이처럼 두바이의 위상은 복잡한 세계 정세에서 나름대로 큰 비중을 차지하고 있으며, 앞으로 리비아 등의

재건 등과 맞물려 그 위상이 더욱 확대되리라 판단되었다.

하지만 신기루는 사라지는 법인데, 두바이가 이슬람문화와 자본주의, 다양성의 포용 과정에서 정치 경제적으로 어떻게 자리매김할지 두고 볼 일이며, 앞으로 우리의 사업에 어떤 쓰임이 있을지 진지하게 고민하는 계기로써 3일간의 두바이 체류는 나름대로 의미가 있었다.

한편 우린 두바이에서 기대치 않게 김승학 씨의 절친(?)을 통해 현지 지사를 운용할 수 있는 기회를 얻었고 중동, 리비아 및 아프리카 사업의 교두보를 마련하는 성과를 거두었다.

사막의 신기루는 우리에게 아라비안나이트 같은 선물을 안겨주었다.

물의 도시 라고스(Lagos) 도착

　우리는 아라비아 반도의 두바이에서 8시간을 비행기로 아프리카 대륙을 가로질러 중서부에 위치한 나이지리아의 라고스(Lagos)에 도착했다.

　두바이와의 시차는 3시간, 즉 한국과의 시차는 8시간.

　라고스(Lagos)는 현재 아부자(Abuja)로 연방수도가 이전하기 전까지 연방수도였으며, 국내 도로망과 철도망의 서부 종착역이다. 라고스 대학교(1962)와 부속의과 대학이 시내에 있으며, 현재 인구는 1,500만 명이 넘는 나이지리아에서 가장 큰 경제 중심지이다. 라고스에는 커다란 함수호(소금기가 있는 호수)인 Lagoon이 있는데, 여기에서 그 이름이 유래했다고 한다. 마치 나이지리아(Nigeria)의 이름이 니제르

나이지리아

(Niger)강에서 유래된 것처럼.

라고스의 Murtala Mohammed International 공항에 도착하여 받은 첫 인상은 생각했던 것보다 살벌(?)하고 열악했다.

나이지리아 제1의 도시, 그것도 서울 인구보다 더 많은 사람이 사는 도시의 국제공항이라고 하기에는 그 규모나 시스템이 한국의 지방 공항만도 못한데다가, 까만 얼굴에 오만상을 찌푸리고 거만하고 불친절하게 여행객들을 안내하는 공항 직원들의 태도는, 습한 아프리카 공기와 섞여 벌써 불쾌지수를 올리기에 충분했다.

한국에서는 분명 황열병 예방접종카드(Yellow card)를 준비하라는 지침에 의해 서울중앙의료원(을지로)에서 예약까지 하면서 접종하였는데, 거들떠 보지도 않는다. 참고로 말라리아는 예방접종이 없고 24시간 약효가 지속되는 알약을 처방하여 나이지리아 입국 2일 전부터 매일 복용하기 시작하였고, 귀국하여서도 1주일간 더 복용하라는 안내를 받았다.

질러봐, 주마락!

함수호 (Lagoon, Lagos)

아무튼 입국 수속을 위해 길게 줄을 섰는데, 백인은 거의 찾아볼 수 없고, 흑인과 중국인들로 북새통을 이루고 있었다. 특히 중국인들이 아프리카에 많이 진출해있다는 말은 익히 들었으나, 이처럼 많을 줄은 몰랐다. 마중을 나온 사람들도 하나같이 우릴 보고 'Are you Chinese?' 하고 물었고, 'No' 하니 의외의 질문이 이어졌다.

"Daewoo?"

대우 직원이냐는 거다. 이미 대우건설은 나이지리아 남부 유전 지역에 여러 기의 LNG플랜트를 건설하여 그 명성을 쌓았고, 최근엔 화력발전소를 수주하는 등 한국 기업으로서 이미 국위를 선양하고 있었던 것이다.

의외의 질문에 높아졌던 불쾌지수가 다소 누그러졌다.

짐을 찾아 나오는데 공항 직원이 짐 검사를 심하게 하며 꼬치꼬치 쓸데없이 캐묻는 폼이 뭔가를 요구하는 듯하여, 김승학 씨가 준비해간 라고스에 위치한 The Lord chosen church의 무오카(Muoka) 목사의

사진을 보여줬더니, 아주 친절
히 돌변(?)하여 무사히 공항을
빠져나올 수 있었다.(참고로
돈을 요구하는 직원이 있으면
당당하게 상관을 불러오라고
요구하든지, 아니면 높은 직책
에 있는 사람을 언급하면 쉽
게 해결된다.)

공항에서의 나이지리아 첫
신고식을 그런대로 잘 치르
고, 우리는 출국 전 미리 예약
한 숙소(Lekki zone에 위치

한 Arirang Korean Guest-house/+234-80-3302-1669/2인실-$180, 1인
실-$150/조,석식 포함)로 이동하였다.

까만 중국

　라고스는 라군(Lagoon, 물 1ℓ당 무기염류량이 500㎎ 이상인 함수호)에 떠있는 수상가옥들, 여기저기 밀집되어 있는 빈민촌과 레키존(Lekki zone)에 조성되고 있는 부촌 등 다양한 계층이 모여 사는 인구밀도가 높은 도시였다.

　특히 도로 포장 등 정비가 안 되어 곳곳이 비만 오면 곳곳에 물구덩이가 생기고, 차량들은 수륙양용 차처럼 물이 찬 도로에서 물구덩이를 피해가느라 서로 뒤엉켜 극심한 교통 체증을 야기하였다.

　평상시에도 도심은 도로가 좁고 비포장으로 유지, 보수가 불량한데다 신호등 같은 교통시스템조차 없고 차선이 따로 없어서 이동 중 심한 교통 체증으로 차 안에서 보내는 시간이 많아 식사를 바나나, 파파

Lekki zone 전경 (Lagos)

고급주택들 (Lekki zone, Lagos)

야, 카사바(cassava) 등으로 간단히 해결한 적이 많았다. 물론 물은 생수를 PET병에 넣어 팔고 있어서 문제가 없었으나, 식수가 떨어지면 행상에게 야자열매(palm)를 산 후 그 자리에서 쪼개서 빨대로 신선한 수분을 섭취하며 건강 관리를 하였다.(이미 개봉하여 파는 야자열매는 상했을 수 있으니 조심해야 한다)

　정말 차도 많고(일본 도요타가 거의 장악) 사람도 많아 이게 우리가 알던 아프리카가 아님을 절실히 느꼈다. 우리가 가끔 TV를 통해 봤던 아프리카 관련 다큐멘터리 등은 아직도 원시적으로 살아가는 원주민들의 삶에 초점을 맞춘 것이 대부분이었다. 지금도 예능프로그램에서 방영되는 아프리카 관련 프로그램

비 온 후 거리 (Lagos, 우기)

은 현대 문명에 완전히 뒤떨어진 그들의 원시성을 부각시키며 재미를
유발하는 수준들이다.

그런데 이 나라, 나이지리아에는 동물의 왕국과 같은 풍경은 찾아볼
수도 없고, 어디나 차량 정체와 붐비는 시장들, 경제활동에 바쁜 사람
들로 북새통을 이루고 있었다.

나는 불현듯 2003년 중국에 ㈜노디스의 안전용품 생산 공장을 설
립하기 위해 절강성 항조우와 이우, 상해를 방문했던 기억이 데자뷰

(déjà vu, 기시감(旣視感)-한번도 경험
한 적이 없는 일이나 처음 본 인물, 광
경 등이 이전에 언젠가 경험하였거나
보았던 것처럼 여겨지는 느낌)처럼 일
어났다.

현재의 올림픽을 치른 중국은 이미
G2의 국가 위상을 굳히고 미국과 대등

65

파파야   카사바

한 반열에서 국제적으로 영향력을 행사하고 있으나, 그때의 2003년 중국은 경제나 생활 수준이 지금의 나이지리아와 별반 다르지 않았던 것이다.

난 저절로 탄성을 자아낼 수밖에 없었다. 이 나라가 정치만 안정되면 파죽지세로 경제발전을 통한 역량 있는 국가로 거듭날 무궁한 잠재력이 있다는 것을 소스라치게 느끼는 순간이었다.

이미 국가 발전 모델로 벤치마킹 할 대상으로 중국을 포함한 BRICs(브라질, 러시아, 인도, 중국)도 있고, 원유 등 풍부한 지하자원과 큰 강을 축으로 농업 기반의 넓은 국토(한반도의 4,2배 정도), 1억 6천이 넘는 인구 등 이보다 더 이상적인 경제 발전 잠재력이 있는 나라가 어디에 있을까?

우리에겐 너무도 멀리 있어 아직 정확한 현지 정보를 바탕으로 한 시장조사 자료도 부족하고, 관심의 대상에도 들어있지 않은 채, 그저 국가대표 축구 경기에서 우리와 승부를 겨룬 나라 정도로만 아는 미지의 나라가 바로 나이지리아에 대한 우리의 인식 수준인 것이다.

| 오렌지 | 사탕수수(sugar cane) | 코코넛 |

'사람은 보고 싶은 것만 보고, 듣고 싶은 것만 듣는다고 했던가?'

무엇에 관심이 있으면 그것과 관련된 정보가 보이고 나와의 상관관계에 영향을 미치게 된다.

최근 Business Insider(미국의 인터넷 신문)에서 향후 글로벌 경제를 견인할 국가로 BRICs 국가를 뒤이어 MAVINS(멕시코, 오스트레일리아(호주), 베트남, 인도네시아, 나이지리아, 남아프리카공화국 6개 국가로 니켈, 우라늄, 아연, 동 등 주요 광물자원이 풍부하고 인구 증가

율이 G7 국가의 3배에 달하여 경제성장이 예상되는 나라/ 최근 기획
재정부도 한 보고서에서 마빈스를 미래 한국의 지속 가능한 성장을
위해 필요한 파트너 국가로 지목)를 지목했다. 이미 나이지리아는 국
가 경쟁력이 급부상하고 있고 그 시장을 선점하기 위한 무한 경쟁은
시작된 것이다. 우리가 알든 모르든 간에.

나이지리아는 사람 색깔만 황색으로 바꾸면 10년 전 비상을 준비
하던 중국이라 감히 말할 수 있다. 따라서 현지에서 보이는 것이 전부
'사업 아이템'이고 '기회'라면 여러분은 믿겠는가?

항상 문제는 '무엇을' '어떻게?'이다.

준비된 만남

이번 출장은 독특한 인적 구성으로 인한 특이한 경험이 계속 뒤따랐던 에피소드가 참 많은 일정들이었다.

우선 사업을 위한 인적 구성을 살펴보면 다음과 같다.

나는 2003년 재난 대비 전문 기업 ㈜노디스를 설립(중국에는 노디스 안전용품 유한공사)하여 한 우물을 파며 벤처기업을 키워온 경력을 가지고 있고, 김승학 씨는 사우디아라비아 메카주지사의 한방주치의를 16년 역임한 분이고, 서병동 이사는 베트남에 애나멜선 가공 공장을 운영하며 아프리카 탄자니아에서 구리(동) 관련 자원 무역의 경험이 있었다. 원래 4명이었으나 박영복 이사는 두바이에서 급성 장염 증세로 조기 귀국하여 3명만 아프리카로 떠나게 되었다.

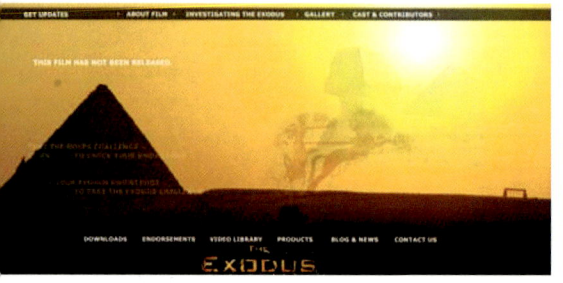

특히 김승학 씨는 기독교인으로서 하나님의 이끄심으로 모세가 십계명을 받은 시내산(현재 이집트 시나이(Sinai) 반도에 있는 시내산이 아닌 사우디아라비아 북부의 미디안 광야에 위치한 알라오스산이 실제 시내산으로 추정)에 대한 탐사를 수년에 거쳐 하였고, 수집한 자료를 토대로 저술(떨기나무), 세미나와 강연, 영화 제작(미국 마호니 영화사 Exodus conspiracy)에 참여하는 등 활발한 국내외 활동을 해오고 있다. 이런 경력과 인맥이 나이지리아 출장의 동기가 되었음은 이미 주지의 사실이다.

구름기둥 (Lagos)

나는 개인적으로 김승학 씨를 '하나님이 사용한 사람'이라 부르고 싶다. 왜냐하면 하나님이 필요에 의해 그를 우리에게 이끄셨고 동행토록 허락하셨으며, 막막한 여정 가운데 우리의 앞길을 구름기둥과 불기둥으로 인도하시어, 생각지 못한 여러 선물과 비전을 이번 출장에서도 풍족히 주셨기 때문이다.

솔직히 준비도 나름대로 많이 했지만 이번 출장의 동기부여는 김승학 씨였고, 나는 실무를 책임지며 하나님이 그와 동행한 우리에게 보여주실 그 무엇인가에 큰 기대를 가지고 있었음을 고백하지 않을 수 없다.

'결론적으로 하나님은 우리의 기대를 저버리지 않으셨다.'

라고스에는 앞에서도 언급한 The Lord chosen church라는 교인이 200만이 넘는 큰 교회가 있다. 이 교회의 무오카 목사는 아프리카에서도 저명한 목회자로서 굿럭 조너선 현 나이지리아 대통령에게 취임식에서 안수기도를 한 분이기도 하다.

바로 그가 김승학 씨와 우리를 기다리고 있었던 것이다.

무오카 목사와 만나기 전날 우리는 그 교회의 예배에 참석하였다.

The Lord Chosen Church

The Lord Chosen Church

목요일 간증예배임에도 불구하고 구름 떼와 같이 사람들이 모여 있었다. 우리 일행을 제외하고는 모두 까만 피부의 현지인들이었는데 그 수가 28,000명에 달했다.

넓은 야외에 H빔으로 기둥을 높게 세워 양철지붕을 얹어 놓은 대형 구조물 아래에서 그 많은 사람이 예배를 드리기 위해 가장 좋은 옷을 입고 경건히 앉아 있는 모습은 평생 잊지 못할 장관이었다.

그들의 복음에 대한 열정과 헌신은 우리나라 초대교회의 모습과 흡사했다. 가족들의 빛바랜 사진을 한 손에 쥐고서 눈물로 기도하는 그들의 모습에서 그들의 현실 개선을 향한 간절함을 엿볼 수 있었다.

아침 8시에 시작한 예배가 점심도 먹지 않고 시종일관 열정과 헌신으로 오후 3시까지 쭉 진행되었는데, 언제 이런 경험을 또 느낄 수 있을까 싶을 정도로 강렬하게 현지인들의 마음과 몸짓을 여과 없이 공유할 수 있었다.

나이지리아는 종교적인 분규가 지금도 이슬람이 강성인 북부 지역에서 가끔 발생하곤 한다. 우리가 입국하기 며칠 전에도 북동부 지역에서 교회에 과격 이슬람 단체인 '보코하람'이 폭탄 테러를 가해 150여 명이 사망하는 일이 있었기에 외신들이 보도를 한 바 있었다.

그러나 북부 소수 지역을 제외한 다른 지역은 기독교와 이슬람이 공존하며 평화롭게 지내고 있었고, 안정된 치안을 유지하고 있었다. 종종 언론은 특정 사건을 대서특필하려 하다 보니 실제보다 부풀려 보도하는 경향이 있음을 우리는 잘 안다.

하물며 사업을 하기 위한 면밀한 해외시장조사 과정에서 이런 언론 보도는 '침소봉대'임을 잘 알면서도, 그 기사를 활용하여 경쟁사가 두려움으로 시장 진입을 꺼리도록 하여 시간을 벌고, 자사의 현지 네트워크 구축 및 경쟁력을 강화함으로써 확실한 경쟁 우위를 다지는 전략을 구사할 수도 있다.

어떤 부잣집에 훌륭한 종마가 있었다. 어느 날 이 종마가 도망갔다. 슬퍼하고 있는데, 그 종마가 한 무리의 야생마를 이끌고 돌아왔다. 기뻐하고 있는데, 외아들이 말을 타다 떨어져 다리가 부러졌다. 슬퍼하고 있는데, 전쟁이 일어나 젊은이들을 징병하는데 아들은 빠지게 되었다. 그래서 또 기뻐하였다. 모든 일이 '새옹지마(塞翁之馬)'라는 예이다.

어떤 상황(현상)이든 '일희일비(一喜一悲)' 하지 않고 올바른 목적(본질)을 위해 애쓰면 결국은 '합(合)하여 선(善)을 이룬다'는 진리를 나는 경영 철학으로 삼고 있다.

현지의 정보 부족으로 인한 일반인들의 나이지리아에 대한 부정적인 견해가 나에게는 새옹지마(塞翁之馬)인 것이다.

현지에서 길고 뜨거운 예배를 드린 다음 날 무오카 목사를 만나 우리가 이곳에 온 이유와 목적을 설명했다. 그는 감동했으며 우리를 진실한 친구로 대해 주었다. 그는 즉시 아부자에 있는 대통령 및 친한 장관에게 연락하여 우리에 대한 신뢰를 전달해주었고, 우린 든든한 현지 기도와 후원을 받으며 다음 일정을 이어갈 수 있었다.

또한 고맙게도 무오카 목사는 그 교회에 다니는 Minister of Power(동력부 장관)의 친동생이 우리의 일정을 돕도록 배려해 주었다. 그 또한 신실하고 책임감 있는 준비된 만남이었던 것이다.

대통령 궁이 있는 아부자(Abuja)로

라고스에서 현지 시장조사와 여러 주요 인사들을 만나 정보를 취합하고, 우리가 준비해간 사업 아이템과 아이디어의 현지 타당성을 점검하며 바쁜 시간을 보내면서, 한편으로는 아부자의 대통령 및 각부장관들과의 미팅 일정을 조율하였다.

행정 수도인 아부자로 떠나기 하루 전 대통령과의 면담 일정에 차질이 생겼음을 통보받았다.

해외 순방으로 인해 우리와의 면담이 어렵다는 것이었다. 순간 우리는 실망감을 감출 수 없었다. 비록 대통령과의 만남이 실무적인 사업성과로 이어진다는 보장은 없었지만, 상당한 상징적 의미가 있는 이번 출장의 주목적 중 하나였는데, 그것에 차질이 생긴 것이다.

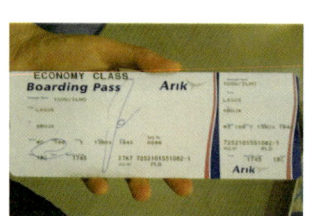

　우리는 '새옹지마(塞翁之馬)'의 관점에서 아부자 일정을 재조정하였다.

　철저히 실리 위주의 면담과 현지 주요 인맥을 최대한 구축하는 방향으로 일정을 확정하고, 드디어 수도 아부자로 출발하였다.

　라고스에서 아부자(Nnamdi Azikiwe International Airport)까지는 국내 항공으로 40분 거리였다. 편도 요금은 약 $170(2,700Naira) 정도.

　참고로 나이지리아 화폐단위는 나이라(Naira)로서 8배를 하면 원화(KWN)에 근접한다. 즉 100Naira는 한국 돈으로 800원 정도로 보면 된다. 6인승 경유차가 기름을 가득 채우는데 5,000Naira 정도이니, 한국 돈으로 약 40,000원 정도인 셈이다. 휘발유 가격은 경유보다 2.5배 정도 싸다.(국가에서 보조금이 지급되어 싸다. 이유는 현재 나이지리아가 전세계 원유생산량 6위 임에도 불구하고, 정유시설(Refinery)이 없어 휘발유를 전량 수입하고 있는 실정임/현재 Refinery 설립에 대한 투자 문의가 많이 접수되고 있음)

아부자에 도착 후 6인승 경유차를 기름 별도로 하루에 $100(1,600 Naira)에 랜탈하여 바쁜 일정에 들어갔다. 물론 흥정에 능한 김승학 씨가 7일 단위로 $500에 협상하여 경비를 절약할 수 있었다.

나이지리아에서 외국인인 우리가 지불해야 하는 체류 경비는 두바이와 비슷할 정도로 비쌌다. 첫째로 식사가 아프리카는 완전히 개념이 달라서, 현지인 음식에 적응하기가 어려웠다. 나도 비위가 제법 센 사람 중에 한 명인데, 나이지리아에선 어쩔 수 없었다.

입국 후 현지인과 현지 식사를 한 후로는 자신감을 잃어버렸다. 현지인이 좋아하는 음식은 캣피쉬(cat fish)라고 메기과의 생선과 소고기를 함께 양념을 하여 요리한 주 메뉴에 카사바(cassava)나 얌(yams)과 같은 뿌리식물을 삶아서 으깬 덩어리를 조금씩 손으로 버무려 먹는 것이다. 그들은 정말 남기지 않고 맛있게 먹는데, 나는 소고기에 이빨도 들어가지 않으니 참 난감했다.

첫 도전 후 우리는 현지 음식은 포기했고, 레바론 식당 내지는 중국 식당을 찾아 식사를 했으며, 이도 마땅치 않으면 치킨 체인점

켓피쉬

얌

쇼와마

레바논식당(Abuja)

Meat pie

에서 닭다리에 볶은 밥(Fried rice)나 간단히 쇼와마(Shawarma, 얇은 빵에 고기와 야채, 소스를 넣어 둘둘 말아먹는 중동 음식)로 식사를 해결했다.

다행히 이동 중에 차 안에서 비타민이 풍부한 과일들을 길거리 행상들에게 사서 많이 먹어서인지 지치지 않고 아침부터 밤중까지 강행군을 지속할 수 있었다.

또한 호텔 룸서비스에 가끔 팁을 주고 부탁하여 아침에 끓여 먹은 인도미(인도라면)의 맛은 잊을 수가 없다. 아침 대용으로 애용한 왕만두처럼 생긴 Meat pie도 이번 출장의 숨은 공로자였다.

워밍업(warming up)
- 눈높이 맞추기 I

'선진국과 후진국의 차이는 무엇일까?'

현재 중국이 외환 보유가 세계 1위이라고 선진국인가?

영어로는 선진국을 Advanced Country 혹은 Developed Country 라 부른다.

그 정의를 살펴보면 '선진국은 고도의 산업 및 경제발전을 이룬 국가를 가리키는 용어로, 그로인해 국민의 발달 수준이나 삶의 질이 높은 국가들이 해당한다. 일반적으로 선진국은 제1세계로 분류되는 국가로 OECD 회원국이면서, 인간개발지수(Human Development Index, HDI는 유엔개발계획(UNDP)이 발표하는 인간개발보고서(HDR) 중의 인간의 삶과 관련된 지표 중 한 항목)가 매우 높은 인간발달수준 (Very High Human Development)으로 분류되고, 1인당 GDP가 높은 국가로 국제기관(IMF, 세계은행) 및 국제사회로부터 선진국이나 발달된 국가로 분류된 국가를 의미한다.

대부분의 선진국은 지구의 북반구에 위치하고 있기 때문에 남반구의 개발도상국과의 문제를 남북문제라고도 한다. 선진국으로 분류되지 않은 국가들은 개발도상국 또는 후진국이라고 불린다.'

따라서 '중국은 선진국이 아니며, 아직도 선진국으로 갈 길이 먼 나라이다.'

나는 위의 정의 중에서 '인간발달수준'에 많은 관심이 있다.

또한 '문화 충격(Culture shock, 사람들이 완전히 다른 문화 환경이나 사회 환경에 있을 때 느끼는 감정의 불안을 서술하기 위해 쓰이는 용어이다. 새로운 문화를 소화하는 데 어려움을 겪을 수 있다. 다시 말해, 무엇이 올바르고 올바르지 않는지를 알기가 어려워진다. 새롭거나 다른 문화의 어떠한 양상에 대해 강력한 혐오(도덕 또는 미학)를 느끼기도 한다. 이 용어는 1954년에 인류학자 칼레르보 오베르그 (Kalervo Oberg)가 처음 소개한 것이다. 문화 충격은 상호작용의 의사소통의 연구 분야로, 최근에 일부 연구가들은 문화 충격이 자아동기를 개선하는 등의 긍정적인 효과를 가져다 주는 경우가 많지 않다고 주장한다.)'을 사업 및 인간관계의 핵심 변수로 고려하고 있다.

이는 '다양성의 인정'과 '상호존중 및 공존'의 중요한 문제이기 때문이다.

우리나라에도 다문화 문제가 날로 대두되고 있다. 이는 단일민족이라는 일종의 반도 문화도 저항인자로 작용하고 있음이 사실이다. 쉽게 설명하면 우리 민족은 다양성의 인정이라는 측면에서 상당한 과도기를 맞이하고 있고, 이는 국제화와 무관하지 않다. 여러 민족과 섞이면서 통합적인 사회가치를 창출하고 어울려 사는 상호존중 문화를 정착하기 위한 진통에 직면해있는 것이다.

우리는 인접국인 일본, 중국과의 역사적 피해의식에서 유래한 국민 정서를 극명히 표출하는 민족성을 가지고 있다. 예를 들어 일본인은 '왜놈 혹은 쪽발이', 중국인은 '때 놈' 하는 식이다.

하물며 우리보다 못사는 나라에서 돈을 벌러 온 동남아인이나, 흑인들에 대한 편견은 실로 대단할 수밖에 없다. 우리와 다른 문화에 대한 왜곡이 그만큼 심한 사회라는 의미이다.

이러한 우물 안 개구리 같은 사고는 해외에서 진행하는 여러 활동에서 많은 불이익을 초래한다.

곧 다른 나라의 문화충격을 극복하지 못함으로써 세계화 또는 그 나라의 현지화에 실패하는 것이다. 즉 상호작용의 의사소통에 문제가 있으면 어떤 국제 비즈니스도 서로 win-win 하는 좋은 성과를 기대하기 어렵다는 말이다.

대기업은 이런 문제에 적극적으로 대처해왔고, 그들이 가진 풍부한 인프라와 잘 정비된 현지 네트웍을 통해 공격적인 마케팅이 가능하다.

하지만 중소기업이나 개인은 그 정반대로, 해외 진출 시 소요된 시간 및 비용 대비 성공률이 희박한 것이 현실이다.

이를 극복하기 위해서는 포괄적인 그 지역에 대한 이해와 신뢰할 만한 현지 네트웍 구성 등 실무적인 조직 구성 및 역할 분담이 필요하다. 그리고 철저한 시장조사를 통해 작성된 사업 계획(Business plan)에 의거한 단계적 실행을 해가며 유연한 대응, 즉 시장의 변화에 민감

하게 사업 계획을 실시간으로 수정 보완해가는 전략적 접근이 필요하다.

우리가 사업적으로 최소 비용으로 최대 효과를 창출하기 위해서는 즉 불필요한 시행착오를 최소화하기 위해서는, 더욱 적극적인 현장 위주의 정보 수집과 면밀한 시장조사를 통해 초기 수립한 사업 계획의 타당성 유무를 파악하고, 성공에 대한 자신감이 확실하다면 구체적인 실행 계획(action Plan)에 의한 '임전무퇴(臨戰無退)'의 추진력이 필요한 것이다.

내가 경험한 나이지리아는 선진국이 되고픈 후진국으로서 정치, 경제, 사회, 문화 등 모든 것이 국가적인 초기 Master Plan을 수립하고, 그 Road map을 그려나가는 단계에 있다.

따라서 그들보다 앞서있는 우리나라가, 아니, 우리와 같은 기업인이 그들과 마음을 터놓고 머리를 맞대어 진정한 멘토(mentor, 현명하고 믿을 만한 의논 상대) 역할을 수행할 수만 있다면, 고양이가 아닌 호랑이 새끼를 키우는 의미 있는 역사의 현장에 주역으로 설 수도 있는 것이다.

이것이 바로 나의 가슴이 쿵쾅 뛰는 이유이다.

'태양을 본 사람은 촛불에 만족할 수 없는 것'이다.

위험한 선입견
- 눈높이 맞추기 II

나이지리아로 출장 준비를 하며 나이지리아에 대한 의견을 수렴해 본 결과, 국내에선 거의 100% 부정적인 반응이 도출되었다.

'나이지리아인은 국제적으로 사기를 잘 친다더라.'

'나라가 부족간 내전으로 사업할 분위기가 못 된다더라.'

'종교적 분쟁으로 치안이 불안정하다'

'뭘 해도 돈을 받기 어려 울 거다. 후진국이므로 은행도 못 믿는다.'

'한국과 너무 멀어 물류 비용 상승 등으로 무역 가격 경쟁력이 없을 것이다.' 등등

나의 현지 조사를 통한 답은 순차적으로 다음과 같다.

중국어 옥외광고 (Lagos)

  '나이지리아인들은 영어권으로 머리가 좋은데, 판단 기준이 다소 단기적이며 아이디어가 부족하다.'

  '부족 간 내전은 옛말이고, 36개 주로 이루어진 연방정부가 정치적 안정을 다져가고 있다.'

  '북쪽의 이슬람 테러 조직인 보코하람의 간헐적 교회 테러가 있으나 중남부엔 경미한 영향'

  '이미 금융기법(모기지 등)에 의한 주택건설 등 실물경제 운용 중이며, First bank, Zenith bank 등 25개 은행으로 통폐합되어 전국에 지점망이 잘 정비되어 있음.'

  '중국은 이미 라고스의 Lekki zone에 6억달러(약6천억)를 투입하여 자유무역지대(생산거점)를 조성하고 있고, 나이지리아 전역에 깊숙이 사업적으로 진출해 있는 상태.'

  더욱 큰 문제는 사업적 소양을 가진 전문가적 관점에서 비용과 시간을 투자하여 현지 시장조사를 하고 돌아온 후 값없이 소중한 정보를 공유하고, 함께 창출할 수 있는 가치에 대해 논하는 자리에서도, 가능성을 찾는 긍정적이고 열정적인 자세가 아닌, 남 이야기하듯 자신에게 주어질지도 모를 기회에 전혀 무관심한 것을 보면, 실로 안타까움을 금할 수 없다. 기회의 여신이 다른 곳으로 떠나는 것을 그들은 전혀 느끼지 못한다.

서울에 안 가본 사람이 남대문에 대해 더 잘 안다고 우기는 것 같은 현상이 이 사회에 비일비재 하므로, 우리는 언제나 비전을 함께 공유할 파트너를 찾는 일에 게을리해서는 안 된다. 평소에 좋은 네트워크를 구축하고 있으면, 기회를 발견할 때 서로 공유하고 그만큼 빨리 추진력을 확보할 수 있으므로 아무리 강조해도 과언이 아니다.

결국은 사람들과의 좋은 만남과 지속가능성에서 일의 승패가 갈리는 것이다.   .

'고양이 새끼는 아무리 잘 키워도 호랑이가 되지 않는다.'

농장여성 (Nassarawa state, 건기)

때론 가르쳐야
- 눈높이 맞추기 Ⅲ

후진국에서 사업을 하다 보면 황당한 경우를 많이 접하게 된다.

시간관념은 물론이고, 불필요한 비용 발생 및 고의적 골탕먹이기 등 실로 다양한 상황이 종종 전개된다.

'이럴 때 당신이라면 어떻게 대처하겠는가?'

모든 걸 포기한다면 승부 근성이 없는 것이고, 눈감고 넘어간다면 또 똑같은 일을 당하게 될 것이다.

그렇다면?

기분 나쁘지 않게 가르쳐서 그들이 스스로 판단할 수 있도록 도와줘야 한다.

그런데 이것이 쉬운 일은 절대 아니다. 사업에 대한 원칙 문제이기 때문이다.

모든 것을 임기응변으로 원칙 없이 처리하고, 결국은 황당하게 끌려다니다 당하는 경우를 나는 중국에서 사업하며 너무도 많이 보았다.

중국에서 대개 사업을 하다가 사기 당했다고 하는 경우의 99%가 이에 해당한다.

흔히들 조선족에게 많이 당했다고들 한다.

사기를 친 조선족도 나쁘지만, 그들을 무원칙으로 쉽게 대하고 팽당한 사람은 더욱 어리석은 것이다. 결국은 자신의 자질 문제이며, 자기 얼굴에 침 뱉기임을 남 탓하는 사람들은 절대 모른다.

나이지리아도 중국과 마찬가지였다. 같은 후진국 아닌가?

초기에 일 때문에 만난 나이지리아인들은 아무 거리낌 없이 당연한 듯 수고비조로 이것저것 요구를 해왔다. 핸드폰 비용, 호텔 비용, 심지어는 중간에서 차량 렌탈비 등을 부풀려 자신이 챙기려 했다.

여태까지 다른 외국인들에게도 그렇게 해왔고, 통용되어 왔으며, 만일 일이 흐지부지 될 경우는 모두 불필요한 경비로 손실처리 되어, 이런 푼돈에 나이지리아라는 국가 브랜드가 오명을 뒤집어쓰는 악순환이 반복되어 온 것이다.

원래 후진국이니 몇 푼 돈으로 무지몽매한 관리를 구워삶으면 모든 일이 잘 처리될 거라는 비정상적인 원칙 없는 자세가 이들의 먹잇감으로 전락한 것이다.

그러나 우리는 출장 전에 이미 원칙을 세워놓았다.

"불필요한 사람은 만나지 않을 것이며, 부당한 비용 요구에는 그곳에서 사업을 안 하면 안 했지 절대 응하지 않겠다. 우린 서로 윈윈(win-

win) 하기 위한 중장기적 관점에서 일을 절차에 맞추어 처리하겠다."
는 확고한 자세로 임했던 것이다.

여기에는 특히 중동에서 아라비아 상인들의 상술을 20여 년 눈여겨
본 김승학 씨의 대인 감각이 크게 작용했다. 왜냐하면 우리가 아쉬울
게 없게 보여야 상대방이 더욱 호의적으로 협조한다는 문화적인 코드
가 중동이나 아프리카 모두 비슷하다는 경험이 반영된 것이다.

결론적으로 현지인들이 부당하게 요구한 비용이 크든 작든 모두 거
절하였으며, 그에 대한 이유를 진심으로 설명하고 가르치며, 그들 스
스로 판단할 수 있도록 하였다.

그러자 그들은 단기적으로 푼돈을 원하는 피고용인의 자세에서, 보
람 있는 일에 중장기적으로 사업적인 파트너로 참여하여 함께 파이를
키워 크게 공유하는 쪽을 선택하게 되었다. 그야말로 합리적인 선택인
것이다. 그러나 이처럼 그들의 생각의 크기를 키우고 올바른 방향으로
이끄는 일은 결코 아무나 할 수 있는 일이 아닌 것이다.

그 후론 먼저 깨달음을 얻은 현지인 파트너들이 후발 파트너들에게
푼돈을 요구치 않도록 알아서 조정하는 것을 지켜보면서, 우리가 이
나라에서 정작 우선 해야 할 일들이 무엇인지 다시 한 번 생각하게 되
었다.

'고기를 먹는 법이 아니라, 고기를 잡는 법을 가르쳐야 한다.'

아부자(Abuja) 스케치

아부자(Abuja)는 1991년에 공식적으로 나이지리아의 수도가 되었으며, 이전 수도는 라고스(Lagos) 였다. 인구는 약 1,000만 명이며, 시가지는 연방 수도 지구 (Federal Capital Territory)의 중앙부에 있다.

주목할 만한 것은 아부자가 라고스에 이어 수도로 결정된 이유는, 영국으로부터 독립 후 32개 부족 중 다수 종족이 집권하였는데 그들이 신성시하던 아소록(Aso rock, 코끼리 형상의 한 덩어리 바위산-나이지리아 화폐에 실릴 정도임)이 있는 내륙의 아부자를 선정했다는 사실이다.

그리고 아소록을 배경으로 관공서들이 모여있는 광경도 이채로웠다. 아부자에는 높은 산은 없고 평지에 바위 구릉들이 여러 모양으로 산

아소록(Aso rock) 연방전부 청사 (Abuja)

재해 있고, 주위로 집들이 옹기종기 모여있는 것이 그들의 토속신앙과 깊이 관련 있는 듯하였다.

　아부자는 라고스에 비해 잘 정비되어 있는 계획 도시였고, 곳곳이 도로공사로 도시가 확장되고 있었다. 그 정비되는 도로 주변으로는 대단지 주택가들이 어김없이 조성되고 있어, 우리나라 70~80년대 새마을 운동을 연상케 했다.

　우리가 낡은 초가지붕을 헐고, 슬레이트(1급 발암물질인 석면이 함유된) 지붕을 얹는 것이 유행이었다면, 여기는 시멘트 벽돌(일명 브로끄, Block)로 벽을 쌓아 양철지붕을 얹는 것이 대 유행이다.

　길가에 보면 주택 건설 붐이 일고 있음을 증명하듯 띄엄띄엄 시멘트 벽돌 생산 공장이 있고, 방금 찍어 놓은 시멘트 벽돌을 양생하느냐 물을 주는 광경을 흔히 볼 수 있었다.

물론 서민들은 이와 같은 주거공간으로 이동 중이었고, 도심의 중상류층은 스페인 바닷가 집들처럼 하얀 벽에 빨간 기와 지붕의 2층 구조의 빌라가 대세였다.

나는 인간이 사는 데 기본 요소인 '의식주'를 기본으로 사업 아이템을 구상하는 경우가 많다.

즉 '의복과 음식'은 경제 수준과 상관 없이 평준화가 빨리 이루어지지만, '주거공간인 집'의 형태는 소득 수준에 직결되므로, 고소득층이 두텁게 형성되어 있는 상황이라면 고급 주택으로 엄청난 고부가가치를 창출할 수 있는 사업적 매력이 있는 것이다. 그런 측면에서 나이지리아에서 '한국식 고급 주택(내부 장식까지 풀옵션)'은 고소득층을 상대로 분명히 승산이 있어 보였다.

왜냐하면 첫째로 나이지리아는 이중적인 물가 구조를 가지고 있기 때문이다. 상류층은 하루 숙박비가 $600 정도 하는 고급 호텔들을 자

서민 주택단지 (Abuja 외곽)

중산층 주택 (Abuja 시내)

기 집처럼 애용하느라, 외국인이 우리가 현지인들로 말미암아 투숙 예약을 하기가 어려울 정도였다. 또한 거리를 누비는 고급 차(도요타가 대부분)가 많으며, 여성 운전자 또한 거의 반반이었다.

둘째 이유는 돈이 있어도 제품이나 서비스가 그들의 소비 욕구를 충족시킬 수 있는 여건이 조성되어 있지 않았다. 이는 물론 국가의 수입 정책 등과 밀접한 관계가 있어 보이나, 조만간 그 소비 욕구를 충족시킬 돌파구가 필요하다는 것이 나의 직감이었다.

이를 주목한다면 나이지리아 시장에서 값싼 중국 제품과 어떻게 경쟁해야 할지 분명해진다.

그들보다 품질과 A/S가 월등한 '한국적인 가치'를 팔면 충분한 승산이 있다고 판단되었다.

여기에는 낙후된 의료서비스를 보완하는 것도 포함된다. 라고스에서 들은 바로는 외국인 의사가 진료하는 병원에 진료비가 $200해도

힐튼호텔 (Abuja)

환자가 몰리는 것은 다반사라고 한다. 이는 나이지리아 사람들이 그만
큼 질 좋은 서비스에 목말라있다는 반증인 것이다.

　누가 먼저 좋은 길목을 선점하느냐의 문제만이 남아있는 것이다.

사금광 지역 주민과 함께 (Minna, Niger state)

주마락(Zuma Rock)
- 사금(沙金)을 찾아서

우리는 나이지리아 출장 준비를 하던 중에 한 회사로부터 사업 참여 의향서(LOI)를 받았다.

그것은 다름 아닌 사금 채취 광산 개발에 관한 것이었다.

여러 가지 아이템을 상대편(나이지리아 대통령) 입장, 즉 Customer mind로 채택하고 구체화하고 있던 차에 다소 엉뚱한 제안이 접수된 것이다. 그들은 나이지리아와 남쪽에 국경을 맞대고 있는 카메룬에서 사금 채취 사업을 하고 있다고 했다.

그들로부터 들은 바 '사금은 돌산에서 캐는 석금(石金)과는 달리 초기 투자 비용이 적고, 수익 발생시점이 짧아 사업적 리스크가 일단 적고, 수익성이 좋다'는 사실이다.

여러 광물들 (Ministry of Mines, Abuja)

그런데 나이지리아에 사금이 많을 것 같으니, 좋은 현지 인맥으로 사업을 엮어보자는 취지였다.

아부자에 도착 후 광산부(Ministry of Mines)를 방문할 때, 다른 여러 지하자원에 대한 대화를 하던 중 사금에 관한 질문을 했다. 그러자 그들은 아부자에서 북쪽으로 2시간 거리에 있는 Niger State의 Minna 지역에 사금이 많다는 정보와 함께 그곳 현지 부주지사를 즉시 소개하였다.

우리는 호기심이 발동하여 다음날 즉시 사금이 많다는 지역을 방문하였다. 이미 출장 전에 인터넷 신문 등에서 아프리카의 사금 및 다이아몬드 채취 현장 사진을 보았는데, 정글을 뚫고 들어가서 현지 원주민 및 혹독한 자연환경과 사투를 벌이며 험한 작업환경에서 일하고 있는 사진이 머릿속에 각인되어서인지, 모두들 긴장한 얼굴 빛이 역력하였다.

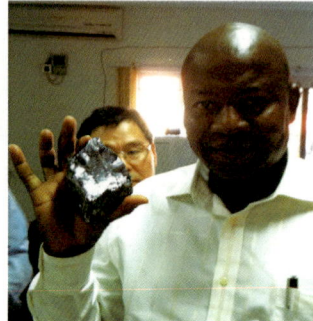

구리원석

하기야 같이 동행한 현지인들도 영어가 통하지 않는 현지인과의 조우에 대해 망설였으니, 우리는 말 안 해도 짐작이 갈 것이다.

아부자에서 북쪽 카두나(Kaduna) 방향으로 도로를 타고 달리는데, 도로 면이 엉망이라 운전사(Mr. Ibrahim)가 요리저리 피하며 곡예 운전을 하는데, 마침 틀어놓은 CD의 아프리카 토속 리듬인 '챠카챠카' 음악과 어울려 마치 차가 춤을 추는듯한 착각에 빠졌다.

차장 밖으로 스쳐 지나는 이름 모를 노란 들꽃들은 정말 화려하고 아름다웠다. 한 시간 정도를 달리니 신기한 바위산 옆을 지나게 되었다.

주마락(Zuma rock, 우기)

그 이름도 유명한 주마락 (Zuma Rock) !

높이 725m의 거대한 바윗덩어리가 우뚝 솟아 있는데, 신기하게도
사람 얼굴이 새겨져 있는 게 아닌가!

나폴레옹이 이집트 스핑크스 얼굴에 대포를 쏜 것처럼, 움푹 들어
간 두 눈과 코, 입은 햇빛의 세기와 각도에 따라 미묘한 인상의 변화
를 일으키고 있었다.

현지인이 전하는 주마락의 전설은 다음과 같다.

주마락 인근에 버려진 호텔이 하나 방치되어 있는데, 그 호텔에서 기
묘한 일이 발생했다는 것이다.

101

사람얼굴 형상 (Zuma rock)

한 20년 전에 호텔이 완공되었을 무렵 늦은 밤, 주마락 정상에 원인 모를 불꽃들이 나타났고, 그날 밤 호텔에 묵었던 사람들이 전부 죽었다는 것이다.

그 후로도 여러 사람이 원인 모르게 죽어 나갔으며, 가구들이 멋대로 자리를 이동하는 초자연 현상이 일어났다고 한다.

그 이후로 그 호텔은 버려져 아무도 접근하지 않았고, 우리가 간 날도 접근하는 모든 길이 억센 나무와 풀들로 꽉 막혀서 먼 발치로만 바라볼 수 있었다.

김승학 씨가 갑자기 뭔가를 발견하고 소리쳤다.

"와, 건물이 6층에 13열입니다."

별로 좋지 않은 '숫자들의 조합'.

으스스한 전설에 훈장을 하나
더 보태는 순간이었다.

버려진 호텔 (주마락 옆)

그곳을 떠나며 우리는, 다음
출장 때, 호텔 건물주를 찾아서
싼 값에 인수하여 병원으로 만
들자고 농담 반 진담 반으로 담대히 현지 파트너들에게 호언장담하였
다. 그러자 그들은 진짜 두려워하며 자신들은 결코 동행하여 그 건물
에 들어가지 않겠다고 한다. 믿거나 말거나…

주마락의 미소를 뒤로하고 우리는 목적지 Minna로 출발하였다.

사금을 찾아서.

연방정부 청사 (Aso rock, Abuja)

노다지
- 사금(沙金)을 찾아서

'여러분은 금을 뜻하는 '노다지'의 어원을 아는가?'

일제시대에 미국인들이 함경도 금광에서 금 캐던 시절에, 금맥이 발견되면 일하는 한국인들이 접근하지 못하도록 'No touch' 했던 데서 '노다지'가 유래했다고 한다.

우리는 말로만 듣던 노다지를 확인하기 위해서 내심 긴장하며 Minna 로 들어갔다.

참고로 Minna는 Niger State의 수도(Capital)이다.

이 지역은 이슬람 지역으로 회교 사원과 히잡(Hijab, 이슬람의 전통 복식 가운데 하나로, 여성들이 머리와 상반신을 가리기 위해 쓰는 가

이슬람 사원 (Minna, Niger state)

리개)을 쓴 여성들을 많이 볼 수 있었다.

생각보다 평화롭고 활동적인 도심을 지나 사금광이 있다는 지역으로 더 들어가니 민가가 드물어지면서 강을 낀 초원이 나타났다. 원래 사금은 비중이 무거워서 강 상류 쪽에 많이 분포되어 있다고 한다. 옅은 지식이었지만 뭔가 근접했다는 느낌이 왔다.

가슴까지 와 닿는 풀을 재

사금 채취장면 (Minna, Niger state)

집어봐, 주마력!

치고 물가 상류로 들어가니, 현지 아낙네들이 아이들과 큰 나무 그늘에 앉아 무엇인가 공동 작업을 하고 있었다.

반갑게 인사를 하니 경계하지 않고 반갑게 화답을 했다. 우리와 함께 동행한 부주지사가 곁에 있어서였을까? 그들의 눈빛은 참으로 때묻지 않은 순수함 그 자체였다.

그들이 작업하는 바닥이 넓은 그릇을 보니, 채취한 흙을 물에 씻어 내려 사금이 앙금으로 남아있었다. 이렇게 작업한 사금을 집집마다 모아두었다가 판다고 하였다. 참 간단한 채취 방법이었고 생각보다 금의 양이 많았다.

다음 날 인근 다른 지역을 가보니 마을 청년 7~8명이 사금을 캐고 있는데, 이들은 좀더 직업적이었다. 구덩이를 2~3m 파 내려가 흙을 퍼 내어, 옆에 흐르는 물에 씻어 내려가며 사금을 채취하고 있었는데, 그 양이 어제 본 아낙네들과는 비교가 되지 않았다.

그들은 대부분 영어가 통하지 않는 그 지역 부족어를 사용하고 있었고, 우리를 처음 보았을 때는 정글도를 위협적으로 잡고서 경계의 태세를 늦추지 않는 등 다소 공격적인 성향을 보였다. 하지만 함께 간 운전기사(Mr. Ibrahim)가 현지어를 구사하여 친해지자 모두 친구가 되었고, 사금 샘플도 구입할 수 있었다.

주위의 어떤 사람이 어떻게 나를 도울지 모르므로 항상 진심으로 대하는 것이 이렇게 빛을 발하게 됨을 다시 한번 깨달았다.

그 날 이후 우리의 운전사 Ibrahim 은 우리의 Road manager로 승격(?)되었다.

109

사금지역 지방정부 의장과 함께 (Local Governor)

사금 채취 현장 방문을 통해 '노다지'를 확인하였는데, 문제는 어떻게 실질적인 채취 허가를 받을 것인지에 관심이 집중되었다.

보통 아프리카 여러 국가들은 탐사권만 부여하는 것도 1년 정도 유예기간을 두며, 채취권은 그 다음 단계인데 이것도 채취 지역의 부족장(Community chairman)의 승인을 받지 못하면 채취 행위까지는 첩첩산중이라는 것을 이미 출장 전에 파악하고 있었기 때문이었다.

이제 호기심을 넘어 사업적인 관점에서 사업행위 관련 행정절차를 좁혀 들어가자, 예측한 대로 그 '지방정부 통치자의 허락 유무'라는 중요한 이슈가 남아있다는 것을 확인하였다.

우리는 주정부로부터 사금 채취에 관한 핵심 인사인 Local government의 의장(Chairman)을 소개받아 가장 중요한 면접을 보

질러가봐, 주마락!

주정부청사 (Minna, Niger state)

게 되었다.

그는 예상외로 연방정부에서 정보 계통 고위 관료로 일하다가 그만 두고 지방에서 선거를 통해 당선된 실세로서 막강한 사람이었다. 더욱 흥미로운 것은 가족 대대로 이슬람인데 홀로 개종한 기독교인이었던 것이다.

'하나님은 이렇게 또 하나의 의미 있는 만남을 준비하셨다.'

우리에 대한 소개와, 이곳에서 함께 하고 싶은 일을 열정적으로 설 명하자, 그는 마음을 활짝 열었고 진정한 친구로서 모든 절차와 업무 에 적극적으로 협조하였다.

즉석에서 서류작성중

사금 채취에 대한 허가 요청 서류를 일사천리로 주정부에 접수했고, 바로 승인이 나는 기적 같은 일이 일어난 것이다.

사금도 사금이지만, 그는 우리에게 120만 평이나 되는 땅을 활용할 수 있도록 허락해 주었다. 그것도 2군데나!

우리는 이 땅에 한국의 우수한 영농기술을 현지인들에게 가르칠 기술훈련원과 시험재배 농지를 만들겠다고 제안했고, 그들은 너무도 감사해하며 주정부 차원의 아낌없는 지원을 약속했다.

나는 나이지리아에서 만나 우정과 비전을 나눈 이 사람들이야말로 억만금을 주고도 살 수 없는 진정하고 영원한 '노다지'라고 확신한다.

바로 이것이 사업을 하는 진정한 기쁨이자 보람 아니겠는가!

사금광 관련 현장조사 등 여러 과정을 통해서, 우리는 이 땅과 사람들에 대한 애정과 비전이 더욱 확고해졌고 확장되었다.

'노다지 나이지리아'

자원 개발
- 유전(油田)

천연자원이 절대적으로 부족한 한국은 원유(原油) 등 자원의 해외 의존도가 심각한 정도 이상이다.

따라서 국가 인프라를 존속, 발전시키기 위해서는 안정적인 자원 공급 라인을 확보하는 것이 정부의 당면 과제이자 책임이다.

현대는 자원 전쟁, 식량 전쟁의 시대라 표현할 정도로 각국이 자국의 안위와 실리를 위해 한 치의 양보도 없이 치열하게 무한경쟁을 벌이고 있다.

특히 중국은 아프리카에 오래 전부터 지대한 공을 들이며 막대한 자원을 확보해가고 있고, 미국은 이를 '신식민주의'라 부르며 견제하고 있다. 서로의 이익을 위해 자원강국들에게 구애를 벌이거나, 안되면 전쟁도 불사하는 총력전을 치르고 있는 것이다.

물론 그 대안으로 태양광발전이나 풍력발전과 같은 신재생(新再生) 에너지나 바이오 디젤과 같은 대체(對替)에너지의 개발에 국가의 대외 자원 의존도를 줄이기 위해 막대한 예산을 쏟아 붓고 있지만, 아직은 그 경제성 및 기술이 미흡한 것이 현 실정이다.

이런 시대에 이제 막 정치적 안정을 이뤄가며 경제개발에 박차를 가하고 있는 아프리카나 남미, 중동의 자원이 풍부한 국가들은 새로운 국제적 위상을 부여받아 그 역할이 날로 부각되고 있다. 그중에서도 가장 주목받고 있는 나이지리아는, 품질이 좋은 원유(Bonny Light)가 아프리카에서 가장 많이 산출되는 국가로서 그 입지가 국제사회에서 점점 중대되고 있다.

나이지리아 석유 성상

- Bonny Light(Nigerian Light)		
성 상	생산량(2005년)	생산자 및 수출항구
◆ 비중 : 33.61 ◆ 황함량 : 0.14 ◆ 전형적인 고품질의 경질 저유황 석유 　(휘발유 생산용) ◆ 나이지리아 기준 유종	49.4만b/d	◆ 생산자 : 　NNPC(나이지리아 　국영석유사) 55%, 　R/D Shell 30% 등 ◆ 수출항구 : Bonny

- Escravos(Nigerian Light Gulf)		
성 상	생산량(2005년)	생산자 및 수출항구
◆ 비중 : 34.4 ◆ 황함량 : 0.15 ◆ Bonny Light과 유사한 고품질의 　경질 저유황 석유	31.5만b/d	◆ 생산자 : NNPC 60%, ChevronTexaco 40% ◆ 수출항구 : Escravos

질러봐, 주마락!

현재 한국석유공사에서도 나이지리아에 2개의 유전 광구(OPL321, OPL323)를 개발 준비 중에 있다. 여기서 OPL이란 'Oil Prospecting License'를 의미하는 것으로 아직 시추하지 않고 지질조사만 수행된 것을 의미한다.

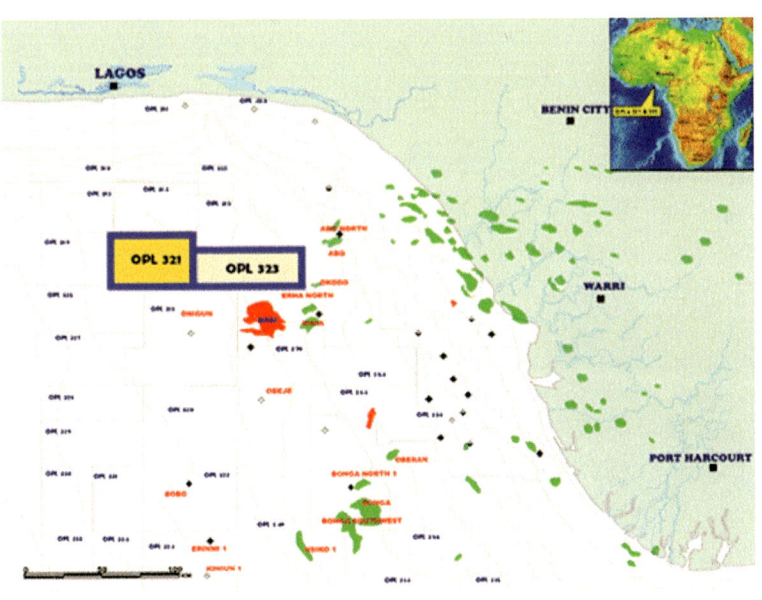

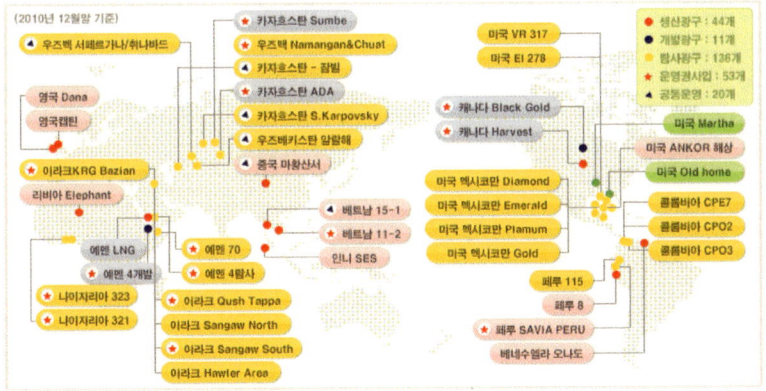

우리는 아부자에서 나이지리아 석유공사(NNPC, Nigeria National Petroleum Corporation)에 등록되어 있는 유전 광구의 소유주들로부터 몇 건의 유전 개발 투자 유치 의뢰를 받았다.

그들의 제시한 조건(투자 금액과 진행 절차)을 전제로 적합한 투자자를 유치하기 위한 국내외 접촉을 현재 활발히 진행하고 있다.

그중에 미국의 한 회사는 유전 광구 관련 정확한 정보와 사업 타당성이 확인되면 30억 달러(약 3조 정도)규모를 투자하겠다는 상황도 조성되어 있다. 중국 측에서도 적극적으로 우리와 함께 현지 방문을 요청하고 있으며, 사업 타당성 조사(Feasibility Study)에 적극적인 자세를 보이고 있다.

그런데 아이러니하게도 정작 한국에서는, 언급하면 알 만한 자원 관련 전문가들을 만나 상황을 설명하였으나 아직 이렇다 할 가시적인 대화조차 좁혀지지 않고 있는 실정이다.

더욱더 가관인 것은 '빈대 한 마리 잡으려다 초가삼간 다 태운다'는 옛말처럼 금년 치를 총선과 대선을 앞둔 시점에서, 정치적인 이슈와 맞물려 'CNK(카메룬 다이아몬드 개발 회사) 사건'으로 말미암아, 자원 관련 사업이 모두 사기로 취급되는 안타까운 국민 정서가 짙게 드리워져 있어서, 국가의 안위를 위해 자원 확보에 심혈을 기울이는 민관 단체의 사기가 곤두박질치는 우를 범하고 있으니 참으로 안타까움을 금할 수가 없었다.

'과연 어떻게 해야 우리가 보고 들은 것을 국익에 반영할 수 있을까?'

해외 자원 개발 관련 중소기업의 한계를 다시 한 번 확인했고, 이를 보완할 국가적 지원시스템에 대한 개선을 적극적으로 요청할 필요를 느꼈다.

농가의 아이들 (Nassarawa state)

아프리카의 마지막 밤

한 달에서 며칠 빠지는 아프리카 일정을 마친 늦은 저녁, 이제 내일은 다시 라고스를 거쳐 두바이를 경유하여 한국으로 돌아간다고 생각하니 벌써 마음이 그리움으로 가득 찼다.

출장 일정이 그야말로 역동적이었고, 정말 준비한 모든 것을 아낌없이 소진하고 난 후의 시원섭섭함 즉 성공적인 해외 출장의 마지막 날의 기분 좋은 피로감은 느껴보지 않은 사람은 절대 공감 할 수 없는 특권이자 훈장이다.

정말 많은 사람을 만나 아침부터 밤까지 시와 때를 가리지 않고 3명이 마치 30명처럼, 주어진 상황에 최선을 다하여 최고의 것을 도출하기 위해 전력 질주하였다.

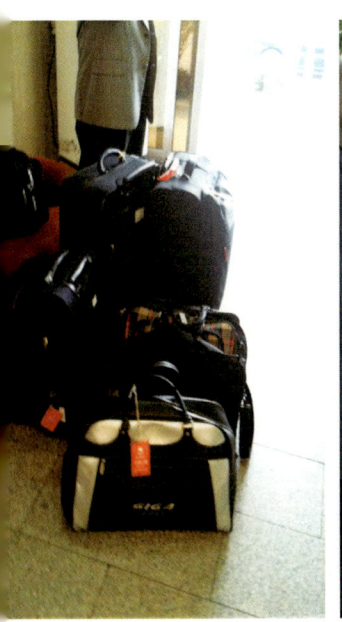

　호텔 방에서 마지막(wrap-up) 회의를 통한 출장 성과 분석 및 평가를 마치고 나니, 벌써 시간이 새벽 2시! 가방을 정리하고 나니 3시 반이 지났다.

　아침 7시, 그간 수고해준 최고의 Road manager 이브라임(Ibrahim)이 아쉽다며 사진사를 데려와 기념 촬영을 하고, 바로 호텔을 출발하여 국내선으로 라고스행 비행기에 지친 몸을 실었다.
　바리바리 준비해서 들어간 여러 자료들과 선물이 다 소진되어 몸과 마음이 홀가분했다.

　라고스에 내려서 동행한 현지인들과 마지막 작별 인사를 하고 두바

이행 비행기를 기다리는데, 사뭇 처음 라고스 공항에 도착했을 때와 전혀 다른 나를 발견하였다.

이미 나이지리아에 현지 적응되어, 처음 현지인들을 보았을 때 위협적으로 느껴졌던 거친 행동과 이질감들이, 이젠 그들의 관점에서 인간적이며 거부감 없이 또 하나의 다양성으로 자연스럽게 다가왔다.

이 나라와 현지인에 대한 이해를 통한 마음의 여유가 생긴 것이다.

마치 22년을 그 땅에 체류하고 있는 한국 민박집(Korean guest house) 주인 아주머니처럼 말이다.

두바이행 비행기에는 많은 중국인들이 타고 있었다. 심지어는 그들을 위한 중국인 승무원도 있어서 아프리카에서 중국의 행보를 가늠해 볼 수 있었다. 하기야 이미 2000년부터 아프리카-중국간 장관급이상 연례 고위급 회담을 중국과 아프리카에서 번갈아 가며 진행하며 아프리카에 막대한 원조를 하며 신뢰를 쌓고 있으니 이러한 분위기가 조성되는 것이 당연한 일인 것이다.

이렇게 국가적으로 밀어붙이는 중국과 우린 어떻게 경쟁해야 할지, 피곤하여 비몽사몽한 가운데에서도 막연한 초조함이 엄습해왔다.

나이지리아의 아부자를 출발하여 두바이 경유 무려 20시간을 날아

한국에 도착하니 오후 4시반, 가을 날씨에 출장 길에 올랐었는데, 돌아오니 이미 쌀쌀한 겨울이 우리를 반기고 있었다.

그런데 오히려 아프리카의 열기는 식지 않고 더 뜨거워져, 마중나온 가족과 동료에게로 뜨겁게 전달되고 있었다. 아프리카의 꿈(African Dream)이 움직이기 시작한 것이다.

내일 일은 아무도 모른다. 하지만 난 아프리카에 대한 비전과 열정이 생겼고, 더불어서 할 일이 많아질 것이라는 기대감에 오늘도 2차 나이지리아 출장을 차근차근 준비하고 있다.

나의 꿈이 더욱 가시화되어 조속히 현실이 될 수 있도록…

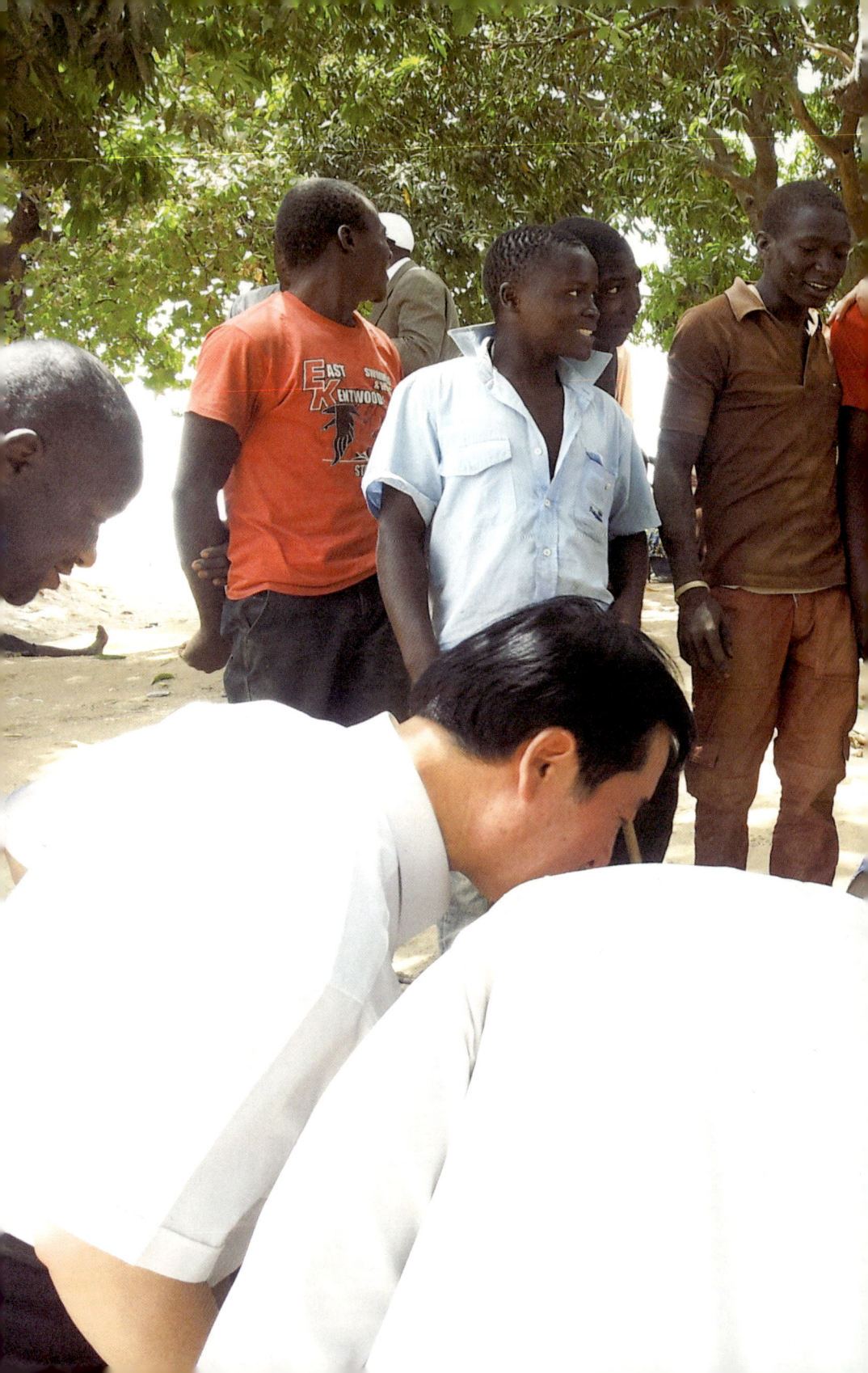

사금지역 마을 청년들과 (Niger state)

그 후 - 홍역(성장통)

다만 이뿐 아니라 우리가 환란 중에도 즐거워하나니, 이는 환란은 인내를, 인내는 연단을, 연단은 소망을 이루는 줄 앎이로다.

- 성경 로마서 5:3,4

(Not only so, but we also rejoice in our sufferings, because we know that suffering produces perseverance ; perseverance, character; and character, hope. - Romans 5:3,4)

아이가 크려면 '대가'를 치러야 한다.

'성장통' 내지는 옛이야기지만 '홍역'을 치러야 하는 것이다.

아픈 만큼 성숙하게 되는 것이 인생의 원리인 것 같기도 하다.

'No Pain, No Gain. (고통 없이 얻는 것은 없다)'

법인, 즉 회사도 하나의 인격, 즉 법인격을 가진 존재로 여럿이 모인 집단 지성체(Collective Intelligence)라 정의할 수 있다.

마치 아이가 태어나 유아기, 아동기, 청소년기 등을 거치며 여러 시행착오 속에서 인격이 형성되고 건강하게 자라듯이 거의 비슷한 단계를 거치게 된다.

사람과의 큰 차이라면 회사는 성장통을 이겨내지 못하면 바로 분열되며, 그 후에도 존재 이유가 없다고 판단되면 바로 해체, 즉 죽음에 이르게 되는 것이다.

그러기에 적당한 시점에 발생되는 성장통은 큰 의미가 있으며 기업 성장에 큰 도움이 된다.

과연 이 조직이 이 일을 가지고 경쟁력을 확보할 수 있는지, 스스로를 판단할 수 있는 계기가 되기 때문이다. 이때 경영자 즉 사장(대표이사)의 역할은 회사가 성장통에 직면했을 때, 그 특유의 리더십으로 문제를 해결하고 조직을 똘똘 뭉치게 하여 올바른 방향으로 지속적으로 성장시켜나가야 한다.

㈜보고에너지도 예외 없이 설립 후 몇 달이 지나 자금난 및 내부적인 역량 부족으로 인한 1차 성장통에 직면했다.

기업 운영에 있어 '자금의 흐름'은 마치 사람에게 있어 '혈액의 순환'과 같다. 혈액이 순환되지 않으면 산소 공급이 중단되어 인체 조직의 말단기관부터 서서히 괴사하게 된다. 이상증후가 포착되는 것이다. 이를 방치하면 죽음에 이르는 것은 시간 문제인 것이다.

이처럼 자금 흐름은 기업 운영의 핵심 요소이며, 특히 수익이 발생

전인 사업 준비 단계에서는 더욱 치명적일 수밖에 없다. 그만큼 자금 계획의 수립 및 운용은 중요한 것이다.

회사의 자금 계획에 차질이 생기자 여러 가지 불협화음이 생기기 시작했다. 유리에 서서히 금이 가기 시작한 것이다. Broken window(금 간 유리)가 발견되기 시작한 것이다.

나는 경영자로서 제일 먼저 문제의 원인인 혈액 공급(자금 유입)을 확보하기 위한 대응책을 찾기 위해 주력했다. 우선 회사 핵심 인력 즉, 사업 활동에 대한 동기부여(motivation)가 확실한 경영진과 주주를 위주로 해결책을 도모하기 시작했다.

이때는 이성적인 현실 직시와 그에 따른 실시간 대응이 따라야 한다. 즉 왜곡된 정보로 의사 결정에 거품이 끼도록 방치해서는 안되며, 역할에 따른 적절한 희생 및 고통 분담과 우리 사업에 대한 확고한 비전 및 현실성 있는 실행계획(Visibility)으로 조직의 사기를 재충전해가며 돌파해야 한다.

이럴 때 조직(회사)의 경쟁력, 즉 존재 가치가 한 단계 더 발돋움하게 되고, 이런 가치를 인정하는 투자 즉 자금의 유입이 원활히 뒤따르게 되는 것이다. 이것이 진정한 일이자 사업적 가치 창출이며 경영자와 임직원이 추구할 역할이자 방향성인 것이다.

"어느 누구도 시들어 죽어가는 꽃에게는 물을 주지 않는다. 생명력이 강하고 열매가 맺힐 나무에게 물을 주는 것이다."

냉혹한 사업 현실을 받아들이고, 어떻게든 하루하루 살아남을 수 있는 끈질긴 생명력을 키워가야 하는 것이다.

기업의 최종 목적은 '생존'이라는 말처럼, 기업이 존속하여 지속적으로 가치를 창출할 수 있어야, 사회 환원 등과 같은 부의 재분배 기능도 가능해지는 것이다.

이처럼 '기업의 존재' 자체는 '집단지성의 승리'이자, 그 다음 가치 창출을 위한 디딤돌 역할을 하는 것이다.

본론으로 돌아가 ㈜보고에너지에 비상등이 켜졌다.

기업의 비전 즉 사업타당성에 의거한 먹거리(수익모델)는 이미 가시 거리에 들어와 있기에 그 생존 이유는 충분하다. 그러나 자금 및 내부 역량 부족으로 추진력이 저하되어 조직원의 사기가 현저히 떨어져 있다.

심지어는 법인을 처분해서라도 각자 살길을 도모하자는 극단적인 제안도 도출된다. 거기에 경영진의 자금운용에 대한 음해까지 가세하여 배가 산으로 갈 기미가 포착된다.

여러 성향의 사람들이 모여 팀을 만들고, 그중에서 리더를 뽑고 역할을 나누었다. 그런데 첫 번째 난관에 직면하니, 눈앞의 현상에 눌려 자기 주관적 해법이 난무하게 된 것이다. 거기에 어떤 사람은 자신의 실수를 덮기 위해 거짓말을 하여 조직의 신뢰를 흔드는 일까지 생기니, 초기 사업 조직의 전형적인 성장통이 제대로 생긴 것이다. 구성원들의 장단점이 가감 없이 드러나는 좋은 계기가 조성되었다.

태평양을 횡단하기 위해 건조된 배가 막 출발하였다.

조금 지나 배가 추진력을 잃은 듯 느려지자 선원들의 사기가 곤두박질치고 다시 육지로 가자고 아우성이다. 아니면 구명보트를 타고 각자 갈 길을 가겠다고 한다.

그런데 문제는 그 배가 기름이 떨어질 수 없는 '원자력 항공모함(지속가능성-Sustainability)'이고 목적지를 설정하기 위해 방향을 조율하고 있었다는 사실이다. 각자의 위치를 지키며 역할을 잘 수행하면, 멈

추지 않고 거센 파도를 헤치며 끊임없이 나가도록 설계된 배라는 사실을, 비전을 공유치 못한 구성원들은 망각하고 있는 것이다.

구성원 각자 비전의 확고함 및 크기가 이처럼 다른 유형의 반응을 표출하는 것이다.

성경에 '믿음은 바라는 것들의 실상이요 보이지 않는 것들의 증거'라는 말씀이 있다.

믿음은 현상이 아닌 본질의 문제이다. 또한 지키고 키워가야 하는 의지의 대상인 것이다.

신과 사람에 대한 믿음, 일에 대한 믿음과 그로 인한 열정, 노력(땀과 눈물)의 결실에 대한 믿음.

이런 가치에 우선순위가 정해질 때, 내 시간(인생)을 누구와 어디에 할애할 것인지가 명료해지고, 질적으로 행복한 삶을 영위하게 되는 것이다.

'성장통'은 이런 본질적인 가치에 대해 깊이 있게 생각하게 하며, 조직과 개인을 더욱 성숙하게 하는 회초리 역할을 한다.

현재 ㈜보고에너지는 그 성장통을 잘 극복해가고 있다.

홍역을 치른 후 약간의 곰보 자국은 생겼으나, 여러 자원들이 적재적소를 찾아가며 더욱 조화롭고 균형 있는 면모를 갖추기 시작한 것이다.

"무엇을 가지고 태어났느냐가 아니라
자기가 가진 것으로 무엇을 이루어냈느냐가
사람들 간의 차이를 만든다."

It is what we make out of what we have,

not what we are given.

That separates one person from another.

- 넬슨 만델라 -

The Lord Chosen Church (Lagos)

내가 사업을 하는 이유

"한때 풋볼이 내 인생의 전부인 줄 알았다.

그러나 풋볼은 게임일 뿐이다.

'무엇을 위해 그것을 하느냐' 가 중요하다."

- Ernie Davis

  (미국 클리블렌드 브라운스의 백넘버 44번의 전설적인 풋볼선수로,

  23세에 백혈병으로 사망)

사람들은 가끔 내게 묻는다.

"뭐 하러 그렇게 먼 곳까지 다니며 사업을 힘들게 하는가?"

나는 대답한다.

첫째 이유는,

"내가 이런 유형의 일을 좋아하고, 즐기므로 힘들어도 힘든지 모르겠다.."

둘째 이유는,

"지금껏 기업의 틀을 세우며 사람과 일을 통해 사업을 배워왔고, 이제는 내게 다가 온 기회에 대한 감각과 그것을 실현시킬 수 있는 자신감이 있으므로."

셋째 이유는,

"그동안 축적된 사업적 신뢰와 역량을 통해 형성된 좋은 인맥과 직관을 총 동원하여, 추구할 만한 높은 가치가 보이면, 이 지구상의 어디에서든 멋지게 일로 승부를 걸어보고 싶은 열정이 충만하며,"

넷째 이유는,

"이런 과정(경험)과 성과를 통해 내 사랑하는 사람들과 의미 있고 풍요로운 삶을 살고 싶기 때문이다"라고.

Ernie Davis가 자신의 전부라고 생각했던 풋볼이 '단지 게임일 뿐'이라고 회고한 것처럼, 나에게 있어서 사업은 '단지 사업'일 뿐이다. 다만 사업이라는 도구를 통해 그 과정을 즐기며 여러 사람과 더불어 성숙해져 가는 것이다.

나와 동료들이 행복해지기 위해 사업을 하는 것이지, 시간이 지나면서 더욱 불행해진다면 할 이유가 없는 것이다. 만약 사업적으로는 성공하여 부와 명예를 얻는다 하여도, 그것을 함께 축하하고 즐길 가족과 동료가 없다면 나에겐 무의미한 결과인 것이다.

단 하루를 살아도 좋은 사람들과 일과 사랑을 나누며 후회 없는 시간을 보낼 수 있다면,

그런 후에 '내일도 오늘만 같았으면' 하는 감사 기도 속에 잠자리에 들 수 있다면,

이보다 더 행복한 사람이 있을까?

이런 관점에서 보면, 나는 현재도 참으로 행복하다.

위험(Risk or Danger)이란?

'이성적인 인간은 세상에 적응한다.

비이성적인 인간은 세상을 자신에게 적응시키려고 발버둥친다.

따라서 모든 혁신은 비이성적인 인간에 의해 일어난다.'

- 조지 버나드 쇼(George Bernard Shaw) -

사람들은 본능적으로 위험을 회피하고 싶어한다.

그런데 역설적으로 위험에 기회가 숨어있다는 것 또한 잘 알고 있다.

High Risk, High Return. (고위험, 고수익)

대부분의 두려움은 정보 부족과 준비 결여에서 비롯된다.

물의 속성을 모르고 수영을 할 줄 모르면, 물이 두려울 수밖에 없는 것이다.

물에 대한 두려움을 없애려면? 간단하다. 수영을 배우면 된다.

당신이 어떤 일을 하고 싶은데, 두려워 발이 떨어지지 않는가?

정보를 수집하여 분석도 했고, 개인적 판단도 섰는데 옆에서 위험하다고 자꾸 말려서 갈등하고 있는가?

그렇다면 당신 자신에 대한 믿음을 점검해 보라. 현재 자신의 믿음을 지키고 키워나갈 자신감이 있는지 조용히 자신을 들여다 보라.

당신 인생의 주인공은 당신이지 옆에서 말리는 사람들이 아니다.

모든 것을 알고서 진정으로 조언해줄 수 있는 사람은 이 세상 어디에도 없다는 것을 이미 당신은 알고 있다.

역사적으로 위대한 일을 이룬 사람들은 모두가 남이 말리고, 가지 않은 길을 묵묵히 개척한 선구자들이다.

이 세상 모든 일은 반짝 스쳐가는 사소한 아이디어에서 출발하는 경우가 비일비재하다.

그 작은 불씨를 활활 타는 큰 불로 만드는 과정이 사업의 과정이라 감히 말할 수 있다.

이를 위해서는 현상에 대한 직관력(처음엔 호기심에서 출발하지만 집요한 관찰력에서 비롯되는)과 자신감으로 가득 찬 열정과 비전, 비전을 함께 공유하고 협력할 팀(조직) 등 여러 재료가 필요하다.

그러나 걱정은 말자. 처음부터 다 준비되어 시작하는 사람은 없다. 무엇이든 갈급함이 없으면 동기유발이 되지 않듯이, 부족한 가운데 꿈과 비전, 도전의식이 생기기 때문이다.

이런 행동 패턴이 반복되면 '학습된 좋은 습관'의 단계로 승화되는 것이다.

내가 처음 아프리카 나이지리아에 대한 꿈을 이야기했을 때, 아니 심지어는 나이지리아를 다녀와서 확인된 비전과 일에 대한 확신을 피력하고 협력자를 모으고 있는 지금도, 주위의 많은 사람들은 나를 만류하고 걱정한다.

이유는 간단하다.

그들은 주위에서 들은 실패한 그 누군가의 이야기를 '걱정'이라는 명분으로 진지하게 내게 이야기한다. 그러나 그들은 정작 나이지리아가 어디에 있는지도 모른다.

이제 알겠는가? 신대륙을 찾은 콜롬부스의 심정을!

우리는 결과만을 기억하지 그 과정은 간과하는 경향이 있다.

뭔가 남이 가지 않는 길을 도전하고 개척하는 사람들은 '삶의 태도' 자체가 틀리다.

그 길은 험하고 좁아 전 세계적으로 소수의 사람들만이 긴 관점에서 인생의 많은 시간을 투자하며, 자신의 일을 즐기며 밀고 나가는 것을 나는 많이 보았고, 들어 왔다.

자기 자신에 대한 철저한 믿음과 긍정적인 자세, 일에 대한 집요함, 어떤 시련도 극복할 수 있다는 인내력으로 똘똘 뭉친 맷집이 이들의 공통점들이다.

우리는 1분 앞도 예측할 수 없는 연약하고 유한한 존재들이다.

그러나 하루를 살더라도 '녹슬어 없어지기보다, 닳아 없어지기'를 선택한 사람들에 의해 역사는 진보해왔고 충실해졌다.

나는 여러 사업과 여행을 통하여 갈수록 느끼는 것은 '세상은 참으로 넓고, 도전할 일이 구석구석에 많이 숨어 있다'는 것이다. 참으로 즐겁고 다행스러운 일이 아닐 수 없다. 평생 내 인생을 불태울 재료가 이렇게 많다는 사실이.

그렇다.

우리가 시시각각 느끼는 '위험'은 '두려움의 대상'이 아니라, '도전과 관리의 대상'이자 '기회'의 또 다른 이름인 것이다.

성공 법칙 중 하나는 남과 다른 차별화된 방식, 즉 남들이 가지 않은 길을 가는 것이다.

남들과 다른 길을 간다는 것은 때론 무모해 보이고, 몰이해와 저항을 불러오기도 하는 불편함을 선택한 것이다. 그러나 처음부터 모두의 이해와 동의가 함께하는 편안한 길에서는 새로운 창조의 기쁨을 맛볼 수 없다.

'많은 사람들이 다니는 산책길에서는 보물을 발견할 수 없다.'

- 탈무드 -

태도가 인생을 바꾼다.

승자의 강점은 타고난 출생, 높은 지능, 뛰어난 소질에 있지 않다.

승자의 강점은 소질이나 재능이 아닌 오직 태도에 있다.

태도는 성공의 기준이다.

〈The winner' s edge is not in a gifted birth, a high IQ, or in talent.

The winner' s edge is all in the attitude, not aptitude.

Attitude is the criterion for success.〉

- 데니스 웨이틀리 (Denis Waitley) -

사람과 사람 사이에는 아주 작은 차이가 존재한다.

그러나 이 작은 차이가 엄청난 격차를 만들어낸다.

여기서 작은 차이는 '마음가짐이 적극적인가, 소극적인가' 이고
엄청난 격차는 '성공하느냐, 실패하느냐' 이다.
- 나폴레온 힐 -

나는 경영자의 관점에서 직원을 채용하고 역할을 분배하는 데 있어서 즐겨 사용하는 기준이 있다.

이를 '3A'라 표현할 수 있는데, Attitude(태도), Ability(실력), Appearance(외모)가 그것이다.

이 세가지를 겸비한 인재를 구하기는 하늘의 별 따기이다.

여기에서 영업, 관리, 연구 등 각 부서에 맞는 적임자가 나뉘어지게 되고 특화된 업무로 실력이 축적되게 되는 것이다.

그런데 모든 일에 공통된 분모는 단연히 그 사람의 '태도'이다. 태도가 올바르지 않은 재목은 조직과 조화를 이루지 못하여 단기에 도태될 수밖에 없기 때문이다. 요즘 직원을 채용하며 부쩍 느끼는 것은 갈수록 '개성'과 '태도'를 잘 구별하지 못하는 젊은 층이 많아진다는 것이다.

할 수 있다고 생각하는 것은 태도이며,
실제로 해내는 것은 실력이다.
성공을 위해서는 태도와 실력이 모두 필요하다.
그런데 그중 하나를 선택하라면 난 단연코 태도이다.
태도가 좋으면 언젠가는 실력도 좋아질 수 있기 때문이다.
즉 태도가 건물의 기초공사라면 이제 실력으로 건축물을 쌓아나가야 한다.

확신과 자신감만으로 모든 일이 잘된다면 얼마나 좋겠는가?

그러나 태도와 실력이 받쳐주지 않는 확신과 자신감은 무모한 모험이 될 수 있다.

모든 일에는 양면성이 있음을 우리는 또한 인정해야 한다.

즉 때때로 모순되는 현실 속에서 매사에 균형과 조화를 이루어가는 감각을 유지해야만, 갑작스러운 불확실성에 유연하게 대처할 수 있으며, 지혜롭게 리스크(risk)를 관리할 수 있는 것이다.

호시우보(虎視牛步, 호랑이같이 예리(銳利)하고 무섭게 사물(事物)을 보고 소같이 신중(愼重)하게 행동(行動)한다)의 자세로 '속도보다는 방향'을 우선하고, 추구하는 가치의 우선순위에 맞는 '선택과 집중'을 반복적으로 추구할 때, 우리는 불필요한 시행착오를 줄여가며 목표에 한 걸음씩 근접할 수 있는 것이다. 매일 한 걸음, 한 걸음씩 나아가는 것이다.

확신을 가지고 시작하는 자
결국엔 회의에 빠질 것이요,
의심을 안고 시작하는 자
마침내 확신을 얻을 것이다.
- 프란시스 베이컨 -

길거리 풍경

크고 위대한 것을 생각하라
(Think Big and Great !)

엊그제 새벽에 전화벨이 울렸다.

"Hello, Peter."

"How are you and your family?"

나이지리아에서 형제의 정을 나눈 Mr.Cyril의 힘차고 다정다감한 음성에 잠이 달아났다.

Mr.Cyril은 Minister of Power(동력부 장관)의 친동생으로 한국에서 일한 경험도 있는데다, 기독교적인 신앙심 또한 깊은 신실한 사람 그 자체로, 지난 여행 때 정말 많은 교감을 나눈 귀한 만남이었다.

그는 우리가 언제 다시 오는지 너무 궁금하고, 많은 사람과 일이 우릴 기다리고 있다고 말했다.

문득 라고스에서 아부자로 향하는 비행기 안에서 그와 나누었던, 나이지리아 국민에 대한 우리의 열정과 포부에 대한 대화들이 떠올랐다. 동정이 아닌, 서로의 밝은 미래를 함께 개척 할 동반자로서 힘을 합하여 의미 있는 일을 만들어보자는 일종의 의기투합이었다.

지금껏 우리는 나이지리아 대통령의 관점에서, 그의 국민을 위해 필요한 핵심 솔루션과 올바른 방향성을 놓고 고민해왔으며, 그와 관련된 일련의 중장기적인 프로젝트들을 가시화하고자 노력해왔다.

'영농기술, 의료/위생, 교육, 문화, 실업난 해소 등' 국가 발전의 중요한 축을 이루는 분야에서, 한국의 앞선 기술과 시스템을 현지에서 실행 가능하도록 사업 모델을 구축하고 역할을 분담하며 현지인들과 유기적으로 정보를 공유하며 포괄적으로 관계를 진척시켜왔다.

그리고 세부적인 '다지기'를 위한 2차 출장을 준비하던 시점에 반가운 친구에게서 전화를 받게 된 것이다.

서양 속담에 '계획은 사람이 세울지라도, 이루는 이는 하나님이다.(Man proposes, God disposes.)'란 말이 있다. 아무리 우리가 나이지리아를 위한 치밀한 계획을 수립한다 하여도, 현지의 상황에 맞지 않거나 현지인들의 이해와 도움이 수반되지 않는다면 '모래 위에 집 짓기'나 마찬가지인 것이다.

더군다나 한 달이 채 되지 않는 현지 체류를 통해 습득한 정보를 토대로 큰 행보의 첫 단추를 꿰려고 절치부심하던 차에, 분별력과 믿음의 사람인 Mr.Cyril의 격려 전화는 내게 하나님의 음성과 같이 숙명처럼 확신 있게 다가왔다. '이것이 바로 내가 가야 할 길'이라고.

나의 친구 Mr.Cyril은 "I miss you so much." 로 전화를 끊었다.

그 여운은 하루 이상 지속되었다.

비전을 함께 공유한 동지의 진심 어린 격려가 이렇듯 큰 힘을 내 인생에 끼침에 거듭 전율하였고, 동시에 무한한 에너지로 꽉 채워져서 더욱 크고 위대한 일을 해 내겠다는 의지가 활활 불타 올랐다.

그렇다.

'위대한 결단과 행동'은, 바로 우리의 '크고 위대한 생각'으로부터 출발한다.

이제 나는 지난번 출장 때보다 '더 크고 위대한 생각'을 품고, 나를 기다리는 검은 대륙 아프리카로 다시 힘차게 떠날 것이다.

다음 일은 하나님께 모두 맡기고서.

예수께서 이르시되 할 수 있거든이 무슨 말이냐,

믿는 자에게는 능치 못할 일이 없느니라 하시니

- 마가복음 9:23 -

("If you can?" said Jesus. "Everything is possible for him who believes." - Mark 9:23)

우물에서 펌프질 하는 소년 (Niger state)

거리 풍경 (Lagos)

The Lord Chosen Church (Lagos)

The Lord Chosen Church (Lagos)

Niger state 부주지사

Ministry of Power 에서

대통령상 수상한 부족 파티에서

현지 파트너들과 함께 (MOU 체결후)

Top rank Hotel 에서 파트너들과 (Abuja)

길에서 만난 바나나 파는 아이들

힐튼호텔 내부의 나이지리아 전통마을

Lagos 국제공항

질러봐, 주마락!

Abuja 도심 상가

Niger state 저수지에서

주마락 인근 소시장

Niger state 주정부 농장

비 온 후 도심 거리 (Lagos, 우기)

집으로봐,
주마락!

연방정부 청사 (Ministry of Power, Abuja)

Lagos 중심 상가 건물

질러봐, 주마락!

뒷골목 주택가

길거리 상점

이슬람 복장의 현지 파트너들

집에가봐, 주마락!

거리의 환전상

 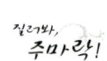

전화하는 이슬람 소녀

최종 선별된 사금

아소록 국회의사당 (Abuja)

질러봐, 주마락!

'이성적인 인간은 세상에 적응한다.
비이성적인 인간은 세상을 자신에게 적응시키려고 발버둥친다.
따라서 모든 혁신은 비이성적인 인간에 의해 일어난다.'

- 조지 버나드 쇼(George Bernard Shaw) -